¡Conversemos!

¡Conversemos!

THIRD EDITION

Ana C. Jarvis
Chandler-Gilbert Community College

Raquel Lebredo
California Baptist University

Houghton Mifflin Company   Boston   New York

Publisher: Rolando Hernández

Sponsoring Editor: Amy Baron

Development Manager: Sharla Zwirek

Development Editor: Rafael Burgos-Mirabal

Editorial Assistant: Erin Kern

Project Editor: Amy Johnson

Production/Design Coordinator: Lisa Jelly Smith

Manufacturing Manager: Florence Cadran

Senior Marketing Manager: Tina Crowley Desprez

Cover painting © Harold Burch/NYC

For permission to use copyrighted materials, grateful acknowledgment is made to the copyright holders listed on page 133, which is hereby considered an extension of this copyright page.

Printed in the U.S.A.

Library of Congress Control Number: 2001133274

ISBN: 0-618-22088-7

6789-MP-08 07 06

Contents

Preface

¡Conversemos!, Third Edition, offers an array of lively, communicative pair and small-group activities specifically designed to develop speaking and listening skills and to facilitate interaction in intermediate Spanish courses. Topically organized and written entirely in accessible Spanish, *¡Conversemos!* will motivate you to use language creatively through engaging role-plays, conversation starters, problem-solving tasks, and content-based activities. Throughout, you will practice key language functions such as persuading, obtaining information, responding to requests, expressing preferences, and giving commands. Numerous authentic documents, photographs, illustrations, and readings throughout the text provide points of departure for discussion, debate, and cross-cultural comparison. Recordings on the Student Audio CD will help you to develop listening skills.

Correlated thematically to the lesson topics in *¡Continuemos!*, Seventh Edition, *¡Conversemos!* may also be used as a supplement to any intermediate text, or as the core text in a conversation course. The following features will allow you to maximize opportunities for building your oral communication skills.

- *¡Conversemos!* has a very flexible format. Many of the activities are divided into **Pasos,** making it possible for your instructor to choose the tasks most suited to your interests and abilities.
- Personalized activities stimulate meaningful communication as you apply your own experience to real-life situations.
- Collaborative learning tasks, such as designing an advertisement or writing a biography of a classmate, will enable you to benefit from working with your peers.

New to the Third Edition

- Revised to correlate thematically with the new edition of *¡Continuemos!*, *¡Conversemos!* features an accessible ten-lesson organization.
- The *Antes de conversar* section introduces the lesson's core vocabulary and provides warm-up pair practice.
- A progression of pair and group tasks in *Una encuesta* promotes interaction and encourages students to use language creatively.

Text Organization

¡Conversemos! contains ten lessons centered on practical, high-interest topics such as student life, recreation, health, travel, and entertainment. Each lesson contains the following sections:

Antes de conversar

This section is designed as a warm-up prior to engaging in the conversation activities of the lesson. It begins with the list of the lesson key vocabulary (or *vocabulario clave*), classified as nouns, verbs, adjectives, and other words and expressions.

Palabras y más palabras is an activity for practicing the key vocabulary that you will be using throughout the lesson in active conversations.

En grupos

This section provides a smorgasbord of seven to ten extended, interactive activities related to the lesson theme. Eclectic in format, these activities encourage resourceful communication in Spanish by emphasizing the use of creativity, critical-thinking skills, and key communication strategies. Realistic role-plays help you develop your awareness of the various levels of address appropriate to different types of situations, for example, a job interview, a dinner party with strangers, or a discussion between two roommates who need to establish a household budget. Realia- and reading-based activities ask you to extract and use information from advertisements, interviews, and other authentic texts to make cross-cultural comparisons, exchange impressions and opinions with your classmates, or act out a hypothetical situation. Illustrations and photographs reinforce thematic vocabulary in context and call upon you to describe, interpret, make conjectures, and create story lines based on the images presented. Questionnaires, quizzes, and games also enliven the classroom.

Dichos y refranes

This unique section promotes greater cultural and linguistic understanding by introducing thematically related popular sayings and proverbs in context. You are challenged to brainstorm situations in which each **dicho** or **refrán** could be used. Translations are provided in an appendix.

Y ahora... ¡escucha!

Designed for use with the Student Audio CD, this activity develops your listening and writing skills as you note key information based on what you hear in realistic simulations of radio advertisements, announcements, newscasts, and other types of authentic input.

Student Audio CD

The Student Audio CD contains the ten listening passages correlated to the **Y ahora... ¡escucha!** sections in the textbook. Recorded by native speakers, these listening passages expose you to natural spoken Spanish, while reinforcing the lesson themes. The audio CD and its accompanying activities may be used in class or assigned by your instructor as homework to develop your listening and writing skills.

Audioscript

A complete printed audioscript of the recordings on the Student Audio CD is available for instructors.

Acknowledgments

We would like to thank the following colleagues for their insightful comments and suggestions regarding the Second Edition and the preparation of the Third Edition:

Kurt Barnada, *Elizabethtown College*

Gregory Briscoe, *Western Kentucky University*

Nancy Broughton, *Wright State University*

Kathy Cantrell, *Whitworth College*

Sara Colburn-Alsop, *Butler University*

John L. Finan, *William Rainey Harper College*

Matt Luke, *Lane Community College*

We also extend our sincere appreciation to the Modern Languages staff of Houghton Mifflin Company, College Division: Roland Hernández, Publisher, World Languages; Amy Baron, Sponsoring Editor; Rafael Burgos-Mirabal, Development Editor; Erin Kern, Editorial Assistant; as well as Tina Crowley Desprez, Senior Marketing Manager.

Ana C. Jarvis
Raquel Lebredo

LECCIÓN 1

Las relaciones interpersonales

Varios grupos de amigos hacen cola para entrar en un club nocturno.

TEMAS

Autoanálisis
La persona ideal
La cita perfecta
Los amigos

Antes de conversar

Vocabulario clave

Nombres

la amistad friendship
la belleza, hermosura beauty
la cita date
el (la) cocinero(a) cook
el consejo advice
el defecto shortcoming
la desventaja disadvantage
el detalle detail
el dicho saying
la diversión fun
el (la) mentiroso(a) liar
la pareja couple
el presupuesto budget
la respuesta answer
el significado meaning
el sueño dream
la ventaja advantage
la virtud virtue

Verbos

aburrirse to be (get) bored
adivinar to guess
atreverse to dare
averiguar to find out
divertirse (e → ie), pasarlo bien to have a good time
durar to last
gastar to spend
quejarse to complain
reunirse to get together

Adjetivos

alegre cheerful, happy
asombrado(a) astonished
bondadoso(a) kind
cariñoso(a) loving, affectionate
celoso(a) jealous
comprensivo(a) understanding
deseable desirable
egoísta selfish
equivocado(a) wrong
estupendo(a) great
gruñón(-ona) grumpy
haragán(-ana), perezoso(a) lazy
mandón(-ona) bossy
trabajador(a) hard-working
vanidoso(a) vain

Otras palabras y expresiones

cada each
con lujo de detalles in great detail
en cuanto a as for
en voz alta out loud
hacer una pregunta to ask a question
llevarse bien to get along
pedir disculpas to apologize
ponerse contento(a) to be (get) happy
ponerse nervioso(a) to get nervous
próximamente soon, in the near future
semanalmente weekly
tener un buen sentido del humor to have a good sense of humor

Palabras y más palabras

Encuentra en la columna B las respuestas a las preguntas de la columna A (las listas continúan en la pagina siguiente).

A

1. ¿Ella te ofende a veces?
2. ¿Lo pasan bien en sus vacaciones?
3. En cuanto a Eva, ¿es trabajadora?

B

a. No, pero lo puedo averiguar, porque necesito sus consejos.
b. No, porque es un mentiroso.

4. ¿Luis es alegre?
5. ¿Por qué no te quejas de tu jefe?
6. ¿Le vas a contar tus planes?
7. ¿Sabes el número de Eva?
8. ¿Ana es comprensiva?
9. ¿Cuánto tiempo dura la película?
10. ¿Carlos tiene razón?
11. ¿Fernando es guapo?
12. ¿Marta es gruñona?
13. ¿Marité se va a reunir con Sergio?
14. ¿Tu esposo es muy mandón?
15. ¿Pedro les va a decir la verdad?
16. ¿Tienes una cita con Inés?
17. ¿Qué defectos tiene Sara?
18. ¿Puedes adivinar cuánto gasta Luis semanalmente?
19. ¿Qué virtudes son deseables en una mujer?
20. ¿Tú te llevas bien con Antonio?
21. ¿Puedo hacerte una pregunta?
22. ¿No podemos hablar en voz alta?
23. ¿Tienes buenos amigos?
24. ¿Lucía es bonita?
25. ¿Qué hace él cuando te ve?

c. Sí, y tiene un físico estupendo. Él y Ana hacen una buena pareja.
d. Sí, y bondadosa, cariñosa... y es buena cocinera...
e. Es vanidosa y egoísta.
f. No, está equivocado.
g. No, con Ada. Ella es la chica de mis sueños.
h. Sí, siempre se queja de todo.
i. Sí, pero a lo mejor no sé cuál es la respuesta...
j. Sí, y tiene un buen sentido del humor.
k. Sí, la amistad es muy importante para mí.
l. Sí, siempre me da órdenes.
m. ¡No me atrevo!
n. Sí, cada día nos llevamos mejor. ¡Estoy asombrada...!
o. No, es muy perezosa.
p. La inteligencia y la honestidad.
q. No, porque tengo la desventaja de no saber cuál es su presupuesto...
r. Sí, pero siempre me pide disculpas.
s. No, porque el niño está durmiendo.
t. Sí, ¡con lujo de detalles!
u. No, porque su esposo es muy celoso.
v. No, siempre se aburren.
w. Dos horas.
x. Se pone contento.
y. Sí, pero la belleza no tiene importancia.

En grupos

Actividad 1: Autoanálisis

Paso 1

¿Cómo eres? ¿Cuáles son las características principales de tu personalidad? Completa la siguiente información antes de venir a clase. Luego reúnete con dos compañeros(as) para comparar respuestas.

1. Mis dos mayores virtudes son ______________________________
____

2. Mis dos mayores defectos son ______________________________
____
3. Lo que más me irrita es ______________________________
____
4. Yo me quejo cuando ______________________________
____
5. Yo no me atrevo a ______________________________
____
6. Para sentirme bien, necesito ______________________________
____
7. Yo me llevo bien con las personas que ______________________________
____
8. Yo me divierto cuando ______________________________
____
9. Lo que más me aburre es ______________________________
____
10. Yo me considero una persona ______________________________
____
11. Yo me pongo contento(a) cuando ______________________________
____
12. Yo me pongo nervioso(a) cuando ______________________________
____

Paso 2

Comparen.

1. ¿Qué cosas tienen ustedes en común?
2. ¿Qué diferencias hay entre ustedes?
3. ¿Qué cosas no se atreven a hacer ustedes?
4. ¿Con qué tipos de personas se llevan bien? ¿Por qué?
5. ¿Ustedes se divierten y se aburren en las mismas situaciones?
6. ¿Se ponen nerviosos en las mismas situaciones?

Actividad 2: ¿Cómo es la persona ideal?

Paso 1

En grupos de cuatro, hagan una lista de cinco cualidades que Uds. consideran deseables en los hombres y en las mujeres, y de cinco que no son deseables.

CUALIDADES DESEABLES

HOMBRES	MUJERES
________________	________________
________________	________________
________________	________________
________________	________________
________________	________________
________________	________________

CUALIDADES NO DESEABLES

HOMBRES	MUJERES
________________	________________
________________	________________
________________	________________
________________	________________
________________	________________
________________	________________

Paso 2

Ahora un(a) estudiante de cada grupo escribirá su lista en la pizarra. La clase escogerá diez cualidades y las colocará por orden de importancia. ¿Cuáles son las cualidades que todos admiramos en una persona, cualquiera que sea su sexo?

Actividad 3: La cita perfecta

Paso 1

En parejas, planeen la cita perfecta. Incluyan en el plan todos los detalles, desde la invitación al chico o a la chica hasta el final de la cita. La invitación y la cita deben ser originales, interesantes y divertidas. En cuanto al dinero que van a gastar, Uds. tienen dos opciones: un presupuesto muy limitado o un presupuesto de millonarios. Anoten los detalles aquí.

____

____

____

Paso 2

Preséntenle su "cita perfecta" a la clase, y escuchen las de sus compañeros. ¿Quiénes han creado la verdadera "cita perfecta"?

Actividad 4: Cómo hacer amigos

Paso 1

En grupos de tres, hablen de los lugares adonde generalmente podemos ir para encontrar al hombre o a la mujer de nuestros sueños o para hacer nuevos amigos. Hablen de las ventajas y de las desventajas de cada uno de los lugares que mencionen.

Paso 2

Ahora lean el siguiente anuncio, publicado en un periódico de Massachusetts. Después, digan si les parece que ofrece un buen servicio. ¿Creen Uds. que, si se hace lo que sugiere el anuncio, se pueden conseguir amigos? ¿Creen Uds. que este tipo de servicio da resultado?

Línea del amor y de la amistad

Próximamente el periódico EL MUNDO va a comenzar una nueva sección para las personas que desean encontrar compañía en una forma privada y controlada. En estos tiempos modernos, a veces es difícil encontrar a alguien con quien tener una relación o simplemente una amistad. EL MUNDO le va a ofrecer este servicio a la comunidad hispana a través de una sección dedicada a las personas solteras, que se va a publicar semanalmente. En esta sección usted también puede poner anuncios personales, detallando las cualidades que busca en otros. Todo esto se hace de una manera privada y confidencial. Le aseguramos que Ud. va a quedar asombrado con los resultados. ¡Anímese y participe! Para mayor información, esté atento al periódico EL MUNDO y a RADIOLANDIA 1330 AM en las próximas semanas.

¡ANÚNCIESE GRATIS!
¡NO ESPERE!

Comience ahora mismo…

Para que usted pueda comenzar a participar en esta nueva y divertida sección que saldrá próximamente, EL MUNDO le ofrece publicar un anuncio personal GRATIS de no más de 35 palabras. Esté atento a EL MUNDO y a RADIOLANDIA 1330 AM para mayor información sobre cómo publicar su anuncio GRATIS y participar en LA LÍNEA DEL AMOR Y DE LA AMISTAD.

Cómo escribir un buen anuncio…

Un buen anuncio personal debe llamar la atención del que lo lea, destacando sus cualidades y las de la persona que usted desea conocer.

Debe ser específico en cuanto a los detalles de su vida, sus gustos y sus aversiones. ¿Cómo pasa los fines de semana? ¿Qué cualidades le atraen? ¿Le gusta salir a bailar o no? Todas éstas son preguntas que usted debe tratar de contestar en su anuncio.

Para obtener buenos resultados… ¡sea específico! ¡Buena suerte!

Actividad 5: ¿Qué pasa aquí?

En grupos de cuatro, usen su imaginación y la ilustración que aparece a continuación para hablar de lo siguiente:

1. la relación que existe entre las tres chicas
2. la personalidad de cada una
3. lo que está pasando en la vida de cada una de ellas
4. lo que cada una de ellas va a hacer esta noche

5. los consejos que ustedes le pueden dar a Julia
6. lo que le quieren decir a María
7. las preguntas que le pueden hacer a Susana
8. cuál de las tres les gusta como amiga y por qué

Actividad 6: En un café al aire libre

En grupos de tres, usen su imaginación para crear una historia sobre la pareja de la foto a continuación. Pónganles nombres, denles profesiones u oficios, imagínenlos solteros, casados, amigos o novios. Imagínenlos en una primera cita romántica, en una cita a ciegas, en un reencuentro después de muchos años de no haberse visto, discutiendo los términos del divorcio... Uds. deciden, pero traten de ser creativos.

Después, comparen la historia que Uds. han creado con las que han creado otros miembros de la clase.

Actividad 7: Una encuesta

Entrevista a tus compañeros de clase para tratar de encontrar a las personas que...

1. tienen muchas citas.
2. les dan consejos a sus amigos.
3. tienen pocos defectos y muchas virtudes.
4. se aburren fácilmente.
5. lo pasan muy bien cuando están con sus amigos.
6. gastan mucho dinero en ropa.
7. se quejan de sus parientes a veces.
8. se reúnen con sus amigos los fines de semana.
9. son muy alegres.
10. son un poco egoístas a veces.
11. hacen muchas preguntas en clase.
12. se llevan bien con todo el mundo.
13. se ponen nerviosos cuando toman un examen.
14. van a viajar próximamente.
15. tienen un buen sentido del humor.

Actividad 8: Para conocernos mejor

Las siguientes frases ayudan en la conversación para comenzar aseveraciones en las que admitimos o "confesamos" algo. Úsalas apropiadamente.

En realidad...	In fact . . .
La verdad es que...	The truth is that . . .
Debo confesar que...	I must confess that . . .
Yo no niego que...	I don't deny that . . .
Yo reconozco (admito) que...	I admit that . . .
No hay duda de que yo...	There's no doubt that I . . .

En parejas, háganse las siguientes preguntas.

1. ¿Cuál es la virtud que más admiras? Para ti, ¿cuál es el peor defecto?
2. ¿Qué es más importante en una persona: la belleza, la inteligencia o la personalidad?
3. Por lo general, ¿eres una persona alegre o un poco gruñona?
4. ¿Cuál de estas características te describe mejor: comprensivo(a), cariñoso(a), un poco mandón(-ona) o un poco egoísta?
5. ¿Qué imagen tienes de ti mismo(a)?
6. Tu mejor amigo, ¿tiene un buen sentido del humor o te aburre a veces?
7. ¿Tú te consideras trabajador(a) o un poco haragán(-ana)?
8. ¿Siempre dices la verdad o eres un poco mentiroso(a)?
9. ¿Eres buen cocinero(a)? ¿Cuál es tu especialidad?
10. Cuando tienes una cita, ¿adónde te gusta ir? ¿Qué te gusta hacer?
11. ¿Qué lugares de diversión frecuentas?
12. ¿Cuál es tu pasatiempo favorito?
13. ¿Prefieres asistir a una reunión familiar o viajar con un(a) amigo(a)?
14. Generalmente, ¿dónde te reúnes con tus amigos?
15. ¿Quiénes crees tú que son más egoístas: los hombres o las mujeres?
16. Si estás equivocado(a), ¿lo admites?
17. Si ofendes a alguien, ¿le pides disculpas?
18. ¿Conoces a alguna persona muy vanidosa?

Dichos y refranes

Lee los siguientes diálogos en voz alta con un(a) compañero(a). Traten de averiguar el significado de los dichos en cursiva y de determinar si tienen equivalente en inglés.

1. —Marcela está muy enamorada de Daniel.
   —No sé por qué... ¡es tan antipático!
   —Bueno... *sobre gustos no hay nada escrito.*
2. —Yo le digo a Ernesto que no se case con Aurora sólo porque ella es bonita...
   —Es verdad. *La belleza y la hermosura poco duran.*

3. —No quiero casarme porque, como dice el refrán, *el amor es un pasatiempo que pasa con el tiempo.*
   —Eso no es verdad. Hace treinta años que mis padres están casados, y cada día se quieren más.

Y ahora... ¡escucha!

Vas a escuchar a cuatro personas que se describen, dan sus datos personales y dicen qué características buscan en el hombre o la mujer de sus sueños. Al escuchar las descripciones, presta atención y trata de anotar los datos más importantes. Si no entiendes algo, escucha otra vez.

Víctor Alfonso Medina

Edad: ____________________

Lugar de origen: ____________________

Ciudad en que vive: ____________________

Profesión: ____________________

Aspecto físico: ____________________

____

Preferencia en músicos: ____________________

____

Chicas que le gustan: ____________________

____

María Elena Sandoval

Ciudad en que vive: ____________________

Ascendencia: ____________________

Edad: ____________________

Aspecto físico: ____________________

____

Lugar donde trabaja: ____________________

Pasatiempo favorito: ____________________

Hombres que prefiere: ____________________

Juan Carlos Aguirre

Lugar de origen: ______________________

Ascendencia: ______________________

Aspecto físico: ______________________

____

Estado civil: ______________________

Edad de su hijo: ______________________

Ocupación: ______________________

Pasatiempos favoritos: ______________________

Tipo de mujer que quiere conocer: ______________________

Ana Luisa Vargas

Edad: ______________________

Lugar de origen: ______________________

Ascendencia: ______________________

Profesión que le interesa: ______________________

Pasatiempos favoritos: ______________________

____

Hombre de sus sueños: ______________________

____

LECCIÓN 2

Nosotros los estudiantes

TEMAS

- Promesas
- Hábitos de estudio
- La matrícula
- Servicios que ofrece la universidad

Entre clase y clase, los estudiantes descansan y conversan.

Antes de conversar

Vocabulario clave

Nombres
la aprobación approval
los apuntes notes (i.e., *taken in class*)
el arreglo arrangement
la asistencia attendance
el aula, salón de clase classroom
la ayuda aid, assistance
la beca scholarship
la calidad quality
el campo field (*of study*)
el capítulo chapter
la carrera career, course of study
la cuna cradle
el (la) decano(a) dean
la deuda debt
el diablo devil
la encuesta survey
la investigación research
la materia, asignatura subject (*in school*)
la matrícula registration, tuition
la mente mind
la nota grade (i.e., *in a class*)
— de suspenso failing grade
el papel role
el préstamo loan
el reembolso refund
el requisito requirement
la solicitud application
el título degree
— universitario college degree

Verbos
compartir to share
cumplir to keep (*a promise*)
enseñar to teach
faltar a to miss (i.e., *classes*)
intercambiar to exchange
matricularse to register
mejorar to improve
proveer, proporcionar to provide
repasar to review, to go over
solicitar to apply

Adjetivos
distraído(a) distracted, absent-minded
financiero(a) financial

Otras palabras y expresiones
dar(se) de baja to drop (i.e., *a class*)
de antemano beforehand
dejar de + *inf.* to stop (doing something)
estar al día to be up to date
por escrito in writing
por lo menos at least
prestar atención to pay attention
sin embargo in spite of it, nevertheless, however

Palabras y más palabras

Completa los siguientes minidiálogos, usando el vocabulario de la lección. Después, léelos con un(a) compañero(a).

1. —¿Cuál es tu ______ favorita?
   —La física.
   —¿Qué ______ tienes en tu clase de física?
   —Una "A".
2. —¿Qué ______ estás tomando?
   —Inglés, matemáticas y sociología.
   —¿Continúas en la clase de química?
   —No, tuve que darme de ______.

3. —¿Puedes prestarme tus ______ de la clase de historia? Te prometo que te los devuelvo mañana.
   —No... tú nunca ______ tus promesas.
   —Voy a poner todo por ______ y lo voy a firmar.
4. —¿Tienes dinero para pagar la ______?
   —No, pero tengo una beca.
   —Yo necesito ayuda ______. Voy a solicitar un ______ en el banco, porque además tengo muchas ______.
5. —¿La ______ a clase es obligatoria?
   —Sí, de modo que no puedes ______ a clase.
6. —Mi profesor está al ______ con toda la información en su ______.
   —Pero sin ______ no enseña bien.
7. —Si te matriculas y no puedes tomar la clase, ¿te dan un ______?
   —Sí, pero tienes que llenar una ______ y necesitas la ______ del decano.
8. —¿Cuántos ______ leíste en este libro?
   —Dos, pero tengo que leer otros libros porque estoy haciendo ______ sobre carreras universitarias. Después voy a preparar una ______ para ver qué dicen los estudiantes sobre la ______ de la educación en este país.
9. —¿Carlos tiene un ______ universitario?
   —Sí, es ingeniero.
   —Su familia es muy pobre, ¿no?
   —Sí, pero su padre nunca ______ de trabajar día y noche y le pagó la carrera.
10. —¿Qué ______ tiene ese actor en la película?
    —Él es el diablo, y sabe de ______ todo lo que va a pasar en la vida de un hombre, desde la ______ hasta la tumba.
11. —¿Tienes dos notas de suspenso? Si quieres ______ tus notas, tienes que ______ tus apuntes y leer tu libro de texto. El profesor te ______ todo el material necesario.
    —Bueno... ¿podemos ______ apuntes tú y yo? Los míos no están completos.
    —Está bien. Voy a ______ mis apuntes contigo, pero no quiero los tuyos.
    —¡Eres un ángel! Voy a hacer ______ para fotocopiarlos esta tarde.
12. —¿Fernando está en el aula?
    —Sí, pero está ______... Se notaba que tenía la ______ en otras cosas, porque no le prestaba ______ al profesor.

En grupos

Actividad 1: Promesas

Paso 1

Lee el siguiente documento que la doctora Fernández, profesora de español, preparó para sus estudiantes. Léelo cuidadosamente y coméntalo con un(a) compañero(a). ¿Les parece una buena idea? ¿Por qué? ¿Creen que ella puede agregar otras "promesas" o creen que está completo?

Yo, la profesora, prometo:

1. Estar en mi oficina todos los días de diez a once de la mañana, para ayudarlos en todo lo posible. Si estas horas de oficina no les convienen, pueden llamarme para hacer otro tipo de arreglo.
2. Preparar mis clases de antemano, y presentarles el material de una manera lógica y ordenada.
3. Decirles exactamente lo que espero de ustedes y cuál es mi sistema para determinar sus notas.
4. Proveer un ambiente adecuado, que les va a permitir expresar sus opiniones libremente, y participar en la clase.
5. Hacer todo lo posible para crear una experiencia educativa valiosa.

Paso 2

Ahora, en parejas, preparen un documento indicando lo que prometen como estudiantes en esta clase. Deben prometer solamente lo que piensan cumplir.

Nosotros, los estudiantes, prometemos:

____

____

____

____

____

Paso 3

Comparen su documento con el de otro grupo. ¿Qué diferencias hay? ¿Hay cosas que los dos grupos prometen? ¿Cuáles?

Actividad 2: Tus hábitos de estudio, ¿son buenos o malos?

Paso 1

Completa el siguiente cuestionario para evaluar tus hábitos de estudio.

Sí	No	
☐	☐	1. Los apuntes que tomo en clase siempre están bien organizados.
☐	☐	2. Nunca falto a clase innecesariamente.
☐	☐	3. Estudio por lo menos dos horas todos los días.
☐	☐	4. Siempre hago la tarea.
☐	☐	5. Participo activamente en clase.
☐	☐	6. Repaso mis apuntes frecuentemente y los comparo con el material del libro.

Sí	No	
☐	☐	7. Antes de ir a clase, leo el capítulo que vamos a estudiar.
☐	☐	8. Mis apuntes incluyen diagramas, gráficos y otros datos que el (la) profesor(a) escribe en la pizarra.
☐	☐	9. No tomo apuntes en clase porque creo que es mejor escuchar atentamente y después estudiar con el libro.
☐	☐	10. Siempre le presto atención al (a la) profesor(a).
☐	☐	11. Si tengo que faltar a clase, hablo con un(a) compañero(a) para saber qué explicó el (la) profesor(a).
☐	☐	12. Cuando no entiendo algo, siempre le pido una aclaración al (a la) profesor(a).

Paso 2

Ahora intercambia tu cuestionario con un(a) compañero(a) de clase. Lee sus respuestas y prepárate para hacer el papel de su consejero(a) académico(a). Representa una escena en la que tú comentas sus hábitos de estudio y le haces sugerencias para mejorarlos. Por ejemplo, si la respuesta a la pregunta número 3 es negativa, puedes aconsejarle lo siguiente: "Por cada hora que pasas en clase, debes pasar dos horas estudiando". Al terminar, Uds. deben cambiar de papel.

Actividad 3: Una evaluación

Lee esta información sobre el profesor Enrique Cuevas.

El profesor Cuevas enseña psicología en la universidad. Es evidente que conoce la materia y que siempre lee para estar al día en su campo, pero no siempre sabe transmitir esos conocimientos en el aula.

Su clase empieza a las ocho, pero a las ocho menos diez él ya está en el salón de clase con el material que va a compartir con sus alumnos. La mayoría de las veces sus clases son interesantes y hay temas de los que a él le gusta hablar. ¡Entonces se nota su entusiasmo! Otras veces... mira su reloj con frecuencia.

Algunos de los estudiantes —los que leyeron el capítulo antes de venir a clase— participan y hacen preguntas. Muchos lo escuchan con atención y otros parecen distraídos, y es obvio que tienen la mente en otras cosas, porque no le prestan atención. A veces algunos estudiantes se quedan a hablar con él después de la clase, y él es muy amable con ellos.

Paso 1

En parejas, evalúen al profesor Cuevas, usando el cuestionario que aparece a continuación. Marquen un número de 1 a 7 para contestar cada pregunta. Expliquen sus razones por cada número que escogen.

	Malo	Regular		Bueno		Muy bueno	
	1	2	3	4	5	6	7
1. ¿Está siempre bien preparado el profesor?	1	2	3	4	5	6	7
2. ¿Es entusiasta?	1	2	3	4	5	6	7
3. ¿Presenta la materia de una manera eficiente?	1	2	3	4	5	6	7
4. ¿Muestra interés por los estudiantes?	1	2	3	4	5	6	7
5. ¿Trata a los estudiantes con respeto?	1	2	3	4	5	6	7
6. ¿Estimula a los estudiantes a participar en la clase?	1	2	3	4	5	6	7
7. ¿Permite preguntas y discusión en clase?	1	2	3	4	5	6	7
8. ¿Aprenden y progresan los estudiantes?	1	2	3	4	5	6	7
9. ¿Cómo evalúas este curso en su totalidad?	1	2	3	4	5	6	7
10. ¿Cuál es tu opinión general sobre el profesor?	1	2	3	4	5	6	7
11. ¿Piensas recomendarles esta clase a otros estudiantes?	1	2	3	4	5	6	7
12. ¿Piensas tomar otra clase con este profesor?	1	2	3	4	5	6	7

Paso 2

Comparen su evaluación con la de otro grupo. ¿Hay diferencias? Hagan comentarios sobre cada pregunta y sobre las evaluaciones en general.

Actividad 4: Día de matrícula

Tú y un(a) compañero(a) trabajan en la Oficina del Secretario General (*Registrar*) de la universidad. Hoy es el primer día del semestre y varios estudiantes que tienen problemas los (las) esperan en la oficina. Usen la información que aparece a continuación para decirle a cada estudiante lo que debe hacer.

UNIVERSIDAD CENTRAL

Información sobre la matrícula

Horario de clases

Los estudiantes deben revisar bien su horario de clases. Si hay algún error, deben notificárselo inmediatamente a la Oficina del Secretario General.

Cancelación de clases

Una clase se puede cancelar si no tiene un mínimo de diez estudiantes. En este caso, los estudiantes matriculados reciben un reembolso del 100 por ciento.

Unidades

Los estudiantes que desean tomar más de 18 unidades deben tener la aprobación de la Administración antes de matricularse.

Asistencia a clase

1. La asistencia a clase es obligatoria. Los estudiantes que tienen que faltar a clase deben notificárselo al (a la) profesor(a).
2. Si un(a) estudiante no asiste a clase el primer día, el (la) profesor(a) puede darlo (darla) de baja.

Procedimiento para darse de baja

Los estudiantes que no pueden completar el semestre deben darse de baja por escrito o personalmente en la Oficina del Secretario General por lo menos tres semanas antes del fin del semestre. Los estudiantes que no se dan de baja oficialmente reciben una nota de suspenso en todas las clases.

Carnet de estudiante

Todos los estudiantes reciben, el día de la matrícula, un carnet con su nombre, su número de identificación y su foto. En el caso de perder esta tarjeta los estudiantes deben ir a la Oficina de Servicios Estudiantiles.

Pago de matrícula

Se espera el pago de la matrícula antes del primer día de clases. Los estudiantes que necesitan un plan de pago especial deben llenar una solicitud en la Oficina de Administración.

Estudiantes que necesitan ayuda:

1. Rosa Martínez tiene que trabajar ocho horas al día para pagar sus deudas y no puede continuar en la universidad. Las clases terminan el 15 de diciembre y hoy es el 22 de septiembre.
2. Roberto Villaverde tiene que faltar a clase tres días la semana próxima.
3. Marta Ávila está matriculada en la clase de geología y solamente hay tres estudiantes en la clase.
4. Carlos Viera quiere tomar 20 unidades.
5. Arnaldo nota que su apellido está mal escrito en su horario de clases.
6. Olga Carreras no encuentra su tarjeta de identificación.
7. Ernesto Barrios sabe que no va a poder asistir a la universidad los dos primeros días de clases.
8. Felipe Olivera no puede pagar la matrícula hasta finales del mes de noviembre.

Actividad 5: Servicios que ofrece la universidad

1. Ayuda financiera

   Existen tres tipos de ayuda financiera: becas, préstamos y empleos en la universidad. El número de becas es limitado, y los estudiantes que las solicitan deben consultar la lista de requisitos en la Oficina de Ayuda Financiera antes de llenar la solicitud.

2. Servicio de consejeros

   Los estudiantes pueden solicitar ayuda de los consejeros en cuanto a los requisitos para la admisión, la selección de cursos y el planeamiento de su programa de estudios. También se provee información sobre los requisitos necesarios para graduarse.

3. Información vocacional

   Para ayudar a los estudiantes a seleccionar su carrera, la Oficina de Información Vocacional mantiene listas de carreras, oportunidades de empleo e información vocacional.

4. Biblioteca

   La biblioteca provee libros, revistas, periódicos y materiales audiovisuales. Los bibliotecarios pueden ayudar a los estudiantes en su trabajo de investigación académica y darles la información necesaria para todos los cursos ofrecidos por la universidad.

5. Centro infantil

   Mientras los padres asisten a clase, sus hijos pueden asistir al Centro Infantil, que está abierto desde las siete de la mañana hasta las diez de la noche de lunes a jueves y desde las siete de la mañana hasta las cinco de la tarde los viernes. Los padres deben proveer el almuerzo para sus hijos. El centro cobra quince dólares por la inscripción y cinco dólares por hora.

Paso 1

En grupos de cuatro estudiantes, lean cuidadosamente la información acerca de los servicios que ofrece la Universidad Central. Después, compárenlos con los servicios que ofrece la universidad a la cual Uds. asisten. ¿Cuáles utilizan Uds. más frecuentemente? ¿Cuáles no utilizan? ¿Algunos de ellos necesitan mejorarse? ¿Cuáles? ¿Cómo?

Paso 2

Tú y un(a) compañero(a) van a hacer una encuesta sobre la calidad de los servicios que ofrece la universidad. Preparen una lista de 10 ó 12 preguntas para la encuesta. Comparen sus preguntas con las de otro grupo.

Paso 3

Usen sus preguntas para entrevistar a algunos compañeros de clase.

Actividad 6: ¿Qué pasa aquí?

Habla con un(a) compañero(a) de lo que está pasando en el campus de la Universidad Central el primer día de clases. ¿Qué hacen las personas que aparecen en el dibujo a continuación? ¿Adónde van? ¿Por qué?

Actividad 7: Una encuesta

Entrevista a tus compañeros de clase para tratar de encontrar a las personas que...

1. toman buenos apuntes en clase.
2. tienen una beca.
3. conocen al decano (a la decana) de estudiantes.
4. pagaron algunas deudas el mes pasado.
5. tuvieron que hacer investigación para un informe.
6. sacaron buenas notas el semestre pasado.
7. solicitaron un préstamo el año pasado.
8. tienen un título universitario.
9. siempre cumplen sus promesas.
10. faltan a clase a veces.
11. repasan sus notas antes de venir a clase.
12. son un poco distraídas.
13. tuvieron que darse de baja en una de sus clases el año pasado.
14. tienen muy buena asistencia en esta clase.
15. están al día en todas sus clases.

Actividad 8: Para conocernos mejor

En parejas, háganse las siguientes preguntas.

1. ¿Tienes un buen horario este semestre? ¿Cuántas unidades estás tomando? ¿Cuántas unidades tomaste el semestre pasado?
2. En tus otras clases, ¿es obligatoria la asistencia? ¿Faltas a clase a veces? ¿Faltabas mucho a clase cuando estabas en la escuela secundaria?
3. ¿Vas a completar esta clase o piensas darte de baja? ¿La encuentras fácil o difícil?
4. ¿Te diste de baja en alguna clase el semestre pasado? ¿Por qué o por qué no?
5. ¿Hablaste con tu consejero antes de matricularte?
6. ¿Tomas buenos apuntes en clase? ¿Los repasas frecuentemente?
7. ¿Cuántas horas diarias estudias? ¿Estudiabas mucho cuando estabas en la escuela secundaria?
8. ¿Tuviste que hacer investigación en alguna de tus clases el semestre pasado?
9. ¿Sacas buenas notas en tus clases? ¿Qué promedio mantienes?
10. ¿Eras buen estudiante cuando estabas en la escuela secundaria? ¿Qué promedio mantenías?
11. ¿Qué clases eran difíciles para ti? ¿Qué clases eran fáciles?
12. De las personas que trabajan en la universidad, ¿con quiénes tienes que hablar a veces? ¿Con quiénes no hablas nunca?
13. ¿Cómo te fue el semestre pasado? ¿Qué vas a tratar de hacer este semestre?
14. ¿Participas en la clase? ¿Te gusta participar?
15. ¿Vas a tener que solicitar un préstamo para pagar la matrícula el próximo semestre? ¿Tienes una beca?
16. ¿Qué cualidad crees tú que es importante en un(a) profesor(a)?
17. ¿Tenías buenos profesores cuando estabas en la escuela secundaria? ¿En qué año te graduaste de la escuela secundaria? ¿Cuántos años tenías cuando terminaste la escuela primaria?
18. ¿Piensas obtener una maestría o un doctorado? ¿Qué crees que es más importante: tener un título universitario o mucha experiencia en algún tipo de trabajo?
19. ¿Qué opinión tienes sobre el profesorado de esta universidad?
20. ¿Piensas continuar tomando clases de español? ¿Por qué o por qué no?

Dichos y refranes

Lee los siguientes diálogos en voz alta (*out loud*) con un(a) compañero(a). Traten de averiguar el significado de los dichos en cursiva (*italic*) y de determinar si tienen equivalente en inglés.

1. —¿Para qué vas a tomar más clases en la universidad? ¡Tú ya tienes un título!
   —Sí, pero quiero aprender otras cosas. *¡El saber no ocupa lugar!*
2. —En mi clase de arte hay varias personas mayores.
   —Es que uno nunca debe dejar de tomar clases ni de leer buenos libros.
   —Es verdad. Tienen razón los que dicen que *la educación empieza en la cuna y termina en la tumba.*
3. —Mi abuelo no ha estudiado mucho y, sin embargo, sabe de todo.
   —Bueno... como dice el refrán, *más sabe el diablo por viejo que por diablo.*

Y ahora... ¡escucha!

Vas a escuchar información sobre algunos de los servicios que ofrece la Universidad de Santa Rosa. Al escuchar, presta atención y trata de anotar los datos más importantes. Si no entiendes algo, escucha otra vez.

1. Los tres tipos de ayuda financiera que existen en la universidad son:
   a. ______________________
   b. ______________________
   c. ______________________
2. Los consejeros pueden ayudar a los estudiantes en cuanto a lo siguiente:
   a. requisitos para ______________________
   b. selección de ______________________
   c. planeamiento de ______________________
   d. requisitos necesarios para ______________________
3. La Oficina de Información Vocacional provee lo siguiente:
   a. ______________________
   b. ______________________
   c. ______________________
4. La biblioteca provee lo siguiente:
   a. ______________________
   b. ______________________
   c. ______________________
   d. ______________________
5. Horario del Centro Infantil:
   De ______ a ______: Abierto desde las ____________ hasta las __________
   Los viernes: Abierto desde las ______________________
   hasta las ______________________
   Precio: Inscripción: ______________ Por hora: ____________

LECCIÓN 3

Atletas y excursionistas

Un grupo de amigos se divierte jugando al básquetbol.

TEMAS

- Fines de semana
- De excursión
- Las vacaciones
- Grandes figuras del deporte

Antes de conversar

Vocabulario clave

Nombres

las actividades al aire libre outdoor activities
el (la) aficionado(a) fan
el alpinismo mountain climbing
el baloncesto, básquetbol basketball
la bolsa (el saco) de dormir sleeping bag
el bosque forest, woods
la cabaña cabin
el campeonato championship
la caña de pescar fishing rod
la caza hunting
el destino destination
el entrenamiento training
la entrevista interview
el esquí acuático water ski
el (la) excursionista hiker
el fracaso failure, fiasco
la linterna lantern, lamp, flashlight
el (la) locutor(a) anchor person
la lucha libre wrestling
la mochila backpack
el patinaje skating
la pesca fishing
la picadura sting, bite
la selva jungle
la tienda de campaña tent

Verbos

acampar to camp
adivinar to guess
apagar to turn off
cazar to hunt
convertir(se) (e → ie) (en) to turn (into)
entretenerse to entertain oneself
esforzarse (o → ue) to work or try hard
hospedarse to stay (i.e., *at a hotel*)
intentar to attempt
pescar to catch fish
remar to row

Adjetivos

agradable pleasant
hambriento(a) hungry, starving
peligroso(a) dangerous
pintoresco(a) picturesque
propio(a) own
valioso(a) valuable

Otras palabras y expresiones

a la interperie outdoors
a mitad de precio at half price
a ninguna parte nowhere
a orillas de on the shores of
armar una tienda to pitch a tent
con las manos vacías empty-handed
esquiar a campo traviesa to do cross-country skiing
hacerle falta a uno to need, to lack
ir de pesca to go fishing
los demás the others
jugar a los bolos to go bowling
para desgracia mía to my misfortune
pasar hambre to go hungry
pasear en bote to go boating
tomar una decisión to make a decision
tener la culpa (de) to be at fault, to be guilty (of)
tener suerte to be lucky
ya no no longer

Palabras y más palabras

Circula la palabra o frase que no pertenece al grupo.

1.	tienda de campaña	bolsa de dormir	destino
2.	selva	campeonato	baloncesto
3.	mosquito	linterna	picadura
4.	fracaso	pesca	caza
5.	entrevista	locutor	bosque
6.	adivinar	cazar	pescar
7.	actividad al aire libre	alpinismo	aficionado
8.	estufa	mochila	lucha libre
9.	tomar una decisión	decidir	convertirse
10.	remar	hospedarse	quedarse
11.	intentar	esforzarse	apagar
12.	agradable	pintoresco	propio
13.	entretenerse	acampar	divertirse
14.	tener suerte	estar hambriento	pasar hambre
15.	pasear en bote	tener la culpa	jugar a los bolos
16.	necesito	me hace falta	tomo una decisión
17.	a mitad de precio	para desgracia mía	desafortunadamente
18.	esquiar a campo traviesa	armar una tienda	acampar
19.	los entrenamientos	los demás	los otros
20.	ya no está	no está más	todavía está
21.	afuera	a ninguna parte	a la intemperie
22.	el amor	la fe	la caña de pescar

En grupos

Actividad 1: Mi peor fin de semana

Paso 1

En parejas, túrnense (*take turns*) para leer, en voz alta, esta carta que Pepe le escribió a un amigo.

Estimado Juan,

Acabo de regresar de las montañas, donde pasé el peor fin de semana de mi vida. Para desgracia mía, acepté la invitación de unos amigos para ir a pasar dos días en una montaña a orillas de un lago, en un lugar muy pintoresco.

Yo creía que íbamos a alquilar una cabaña, pero los demás prefirieron acampar. Cuando llegamos era muy tarde, y no tuvimos tiempo para armar la tienda de campaña. Tuvimos que dormir a la intemperie, en nuestras bolsas de dormir. A medianoche empezó a llover. Todos corrimos al coche y, como es natural, no pudimos dormir.

Al día siguiente fuimos a pescar, pero no tuvimos suerte. Luego intentamos cazar, pero también regresamos con las manos vacías. No habíamos llevado comida, porque pensábamos vivir de la pesca y de la caza, así que pasamos un hambre horrible. Para entretenernos, uno de los amigos insistió en ir a pasear en bote, pero como nadie sabía remar bien, no llegamos a ninguna parte. Al fin, el domingo por la noche, cansados, hambrientos y llenos de picaduras de mosquitos, regresamos a la ciudad. ¡Es la primera y última vez que acepto una invitación para ir a acampar!

Escríbeme pronto y cuéntame de tus vacaciones, que seguramente fueron mejores que las mías.

Saludos,

Pepe

P.D. Elena, la chica de quien te hablé, ya no me interesa. ¡A ella le encantan las actividades al aire libre!

Paso 2

Ahora imaginen que tienen que tratar de convencer a Pepe para que vaya a acampar con Uds. Anoten lo que le van a decir para convencerlo de que esta vez va a tener una experiencia muy diferente y muy agradable. Después, comparen lo que Uds. van a decirle con lo que el resto de la clase le va a decir y decidan qué pareja tiene las mejores ideas.

____

____

____

Actividad 2: De excursión

Paso 1

Antes de venir a clase, prepárate para contarles a tus compañeros la historia de una excursión al aire libre que fue un fracaso. Incluye la siguiente información, exagerando los detalles para hacer cómica tu narración.

1. ¿Adónde fuiste, cuándo y con quién(es)? ¿Tú querías ir o tuvieron que convencerte?

2. ¿Cómo llegaron Uds. a su destino? ¿Sucedió algo agradable, desagradable o cómico durante el viaje? ¿Cómo se sentían cuando llegaron?

3. ¿Cuáles eran sus planes? ¿Qué pensaban hacer? ¿Todos estaban de acuerdo?

4. ¿Qué hicieron y qué no pudieron hacer? ¿Por qué? ¿Alguien se enojó?

5. ¿Qué tiempo hizo? ¿Uds. estaban preparados para el tiempo que les tocó?

6. ¿Qué problemas tuvieron? ¿Con quién(es)? ¿Por qué? ¿Quién tuvo la culpa?

7. ¿Qué cosas les gustaron y qué cosas no les gustaron?

8. ¿Cómo fue el viaje de regreso? ¿Cómo lo hicieron? ¿A qué hora llegaron?

9. ¿El fin de semana fue malo para todo el grupo o sólo para ti? ¿Por qué?

10. ¿Tuvo alguien la culpa de todo esto? ¿Quién? ¿Por qué? ¿Tomaste alguna decisión cuando regresaste?

Paso 2

En grupos de tres estudiantes, cuéntense sus historias. Uds. pueden repasar sus notas antes de contar su propia historia, pero no deben mirarlas al contarla.

Paso 3

Ahora cuéntense espontáneamente, sin preparación previa, su mejor fin de semana al aire libre.

Actividad 3: Preparativos para una excursión

Paso 1

En parejas, túrnense para leer el siguiente anuncio y después contesten las preguntas que aparecen a continuación.

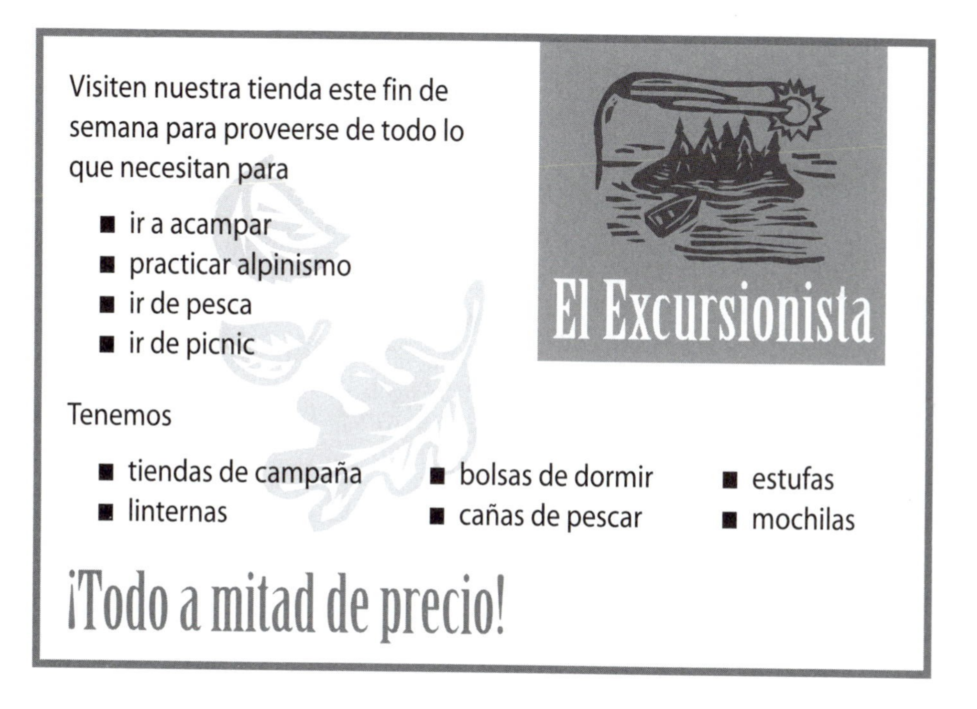

Visiten nuestra tienda este fin de semana para proveerse de todo lo que necesitan para
■ ir a acampar
■ practicar alpinismo
■ ir de pesca
■ ir de picnic
El Excursionista
Tenemos
■ tiendas de campaña
■ linternas
■ bolsas de dormir
■ cañas de pescar
■ estufas
■ mochilas
¡Todo a mitad de precio!

1. ¿Cuándo tienen la liquidación en la tienda "El Excursionista"?
2. ¿Qué puedo comprar si quiero ir a acampar?
3. Tengo un amigo que practica alpinismo y le quiero comprar un regalo. ¿Qué puedo regalarle?
4. Voy a ir de pesca con mi papá. ¿Qué podemos conseguir en la tienda a mitad de precio?

Paso 2

Tú y un(a) compañero(a) están planeando pasar un fin de semana acampando. ¿Qué cosas tienen ya y qué les hace falta? ¿Van a comprar lo que necesitan o se lo van a pedir prestado a alguien? ¿A quién? ¿Adónde van a ir? ¿Cómo? ¿Con quiénes?

Actividad 4: Dos semanas de vacaciones

Paso 1

La clase se dividirá en grupos para planear unas vacaciones dedicadas completamente a las actividades al aire libre. Elige tu grupo según el lugar donde prefieres pasarlas.

la montaña	el desierto	un parque nacional	una selva tropical
la playa	una isla	un bosque	otro lugar

Paso 2

Ahora discutan lo siguiente para llegar a un acuerdo entre los miembros del grupo.

1. ¿A qué lugar van a ir? ¿Cuándo van a ir? ¿Van a acampar o van a hospedarse en una cabaña, hostal u hotel? ¿Cómo van a llegar a su destino? ¿Cuánto tiempo necesitan para viajar? ¿Cuánto tiempo van a estar allí?
2. ¿Qué arreglos necesitan hacer para dejar el trabajo, los estudios, la casa, etc.?
3. ¿Qué cosas necesita llevar el grupo? ¿Cuáles de estas cosas ya tienen Uds., y cuáles tendrán que comprar? ¿Quién va a hacer las compras? ¿Cuánto le va a costar a cada uno(a)? ¿Qué ropa y qué otras cosas necesita llevar cada persona?
4. ¿Qué actividades quieren planear para los días que van a estar allí? ¿Qué lugares o atracciones de la zona piensan visitar?

Actividad 5: ¿Qué pasa aquí?

Mira el dibujo a continuación y habla con un(a) compañero(a) de lo que estas personas hicieron el fin de semana pasado. Usen su imaginación. ¿Adónde fue el grupo de amigos? ¿Quiénes se divirtieron y quiénes se aburrieron y por qué? ¿Qué creen Uds. que le gusta hacer a cada uno de ellos? ¿Qué tiempo hizo? ¿Cuánto tiempo creen Uds. que pasaron allí? ¿Qué otras cosas pueden hacer mientras están en ese lugar? ¿Quiénes creen Uds. que van a pasar otro fin de semana allí y quiénes probablemente no van a volver? ¿Por qué?

Actividad 6: Las grandes figuras del deporte

Paso 1

En grupos de cuatro estudiantes, preparen una serie de minibiografías de grandes figuras del baloncesto, del béisbol, del tenis, del fútbol americano, del patinaje y de otros deportes. Traten de dar la mayor información posible sobre cada figura.

Paso 2

Ahora utilicen las minibiografías para el juego "¿Quién soy yo?" Un miembro de cada grupo debe hacer el papel de una de las grandes figuras y darle información al resto de la clase para que trate de adivinar su identidad. Sigan jugando hasta terminar de utilizar todas las minibiografías.

Actividad 7: Comentaristas deportivos

Paso 1

Con un(a) compañero(a), hablen de programas deportivos que ven en la televisión o escuchan en la radio. ¿Cuál(es) les gusta(n) más? ¿Por qué? ¿Qué comentaristas les gustan y cuáles no les gustan? ¿Cómo es su estilo para hacer reportajes, narrar eventos deportivos y entrevistar a atletas? Expliquen el por qué de sus preferencias.

Paso 2

Representen una entrevista entre un(a) locutor(a) famoso(a) y una figura importante del deporte. Sean creativos y traten de comunicar la personalidad de ambos personajes. Preséntenle su entrevista al resto de la clase.

Actividad 8: La transformación de Alberto

Paso 1

Alberto es lo que en inglés se llama un *couch potato.* [Esta expresión no tiene equivalente en español; a una persona así se le llama simplemente un(a) perezoso(a).] En grupos de tres estudiantes, contesten las siguientes preguntas para decidir qué van a hacer para convertir a Alberto en un atleta. ¡Buena suerte!

1. ¿Qué le van a decir para convencerlo de que tiene que apagar el televisor y levantarse?
2. ¿Cómo van a llevarlo al lugar de entrenamiento?
3. ¿Qué tipos de ejercicio quieren obligarle a hacer? ¿Cómo lo van a convencer?
4. ¿Cuáles son los cinco deportes principales que van a hacerle practicar? (Eviten el boxeo y la lucha libre por seguridad personal.)
5. ¿Cómo van a castigar o recompensar a Alberto de acuerdo con su progreso en los deportes?
6. El pobre Alberto va a tener dolores musculares. ¿Qué van a hacer ustedes para ayudarlo?
7. Alberto va a estar muy enojado. ¿Qué van a hacer ustedes?

Paso 2

Comparen sus planes con los de otro grupo. ¿Qué diferencias hay? ¿Hay semejanzas? ¿Quiénes tienen las mejores ideas?

Actividad 9: Una encuesta

Entrevista a tus compañeros de clase para tratar de identificar a las personas que...

1. jugaban al baloncesto cuando estaban en la escuela secundaria.
2. tienen una caña de pescar.
3. practicaban la lucha libre cuando estaban en la escuela secundaria.
4. iban a acampar con su familia cuando eran niños.
5. se hospedan en hoteles muy buenos cuando viajan.
6. iban a pescar cuando eran niños.
7. saben remar.
8. compraron algo a mitad de precio la semana pasada.
9. saben armar una tienda de campaña.
10. juegan a los bolos a veces.
11. tuvieron que tomar una decisión importante la semana pasada.

12. generalmente tienen buena suerte.
13. practican el alpinismo.
14. van a cazar a veces.
15. fumaban pero ya no fuman.

Actividad 10: Para conocernos mejor

Para hablar de la frecuencia con la que suceden las cosas, podemos usar las siguientes frases:

muchas veces many times
a veces sometimes
de vez en cuando once in a while
frecuentemente (a menudo) often
casi siempre (nunca) almost always (never)
ocasionalmente occasionally
generalmente generally
jamás (nunca) never

En parejas, háganse las siguientes preguntas. Usen las frases aprendidas apropiadamente.

1. ¿Alguna vez aceptaste una invitación "para desgracia tuya"? ¿Qué pasó?
2. ¿Prefieres acampar en la playa, en la montana o a orillas de un lago? ¿Por qué?
3. ¿Prefieres pasar la noche en una cabaña o a la intemperie, en tu bolsa de dormir?
4. ¿A alguien de tu familia le gusta ir de pesca? ¿A quién?
5. ¿Qué cosas tienes tú para ir a acampar y qué necesitas comprar?
6. Mi prima odia acampar. ¿Qué podemos decirle para convencerla de que probablemente se va a divertir si va a acampar con nosotros?
7. Si tú y tus amigos van a pasear en bote, ¿quiénes reman?
8. ¿Hay algún lugar pintoresco cerca de aquí?
9. ¿Es peligroso practicar el alpinismo? ¿Por qué o por qué no?
10. La última vez que participaste en una actividad al aire libre, ¿te divertiste o te aburriste?
11. Si tú y yo vamos de pesca, ¿crees que vamos a pescar mucho o que vamos a volver con las manos vacías?
12. Cuando llegas a tu casa y no hay nada para comer, ¿cocinas o pasas hambre?
13. ¿Quién crees tú que es el jugador más valioso de la liga de básquetbol?
14. ¿Cuál es tu equipo favorito de fútbol americano?
15. ¿Quién crees tú que es el mejor locutor deportivo?
16. ¿Crees que hay más aficionados a la lucha libre o al boxeo?
17. ¿Prefieres jugar al tenis de mesa o a los bolos?
18. ¿Te gusta esquiar a campo traviesa o te gusta más el esquí acuático?
19. ¿Ibas a acampar con tu familia cuando eras niño(a)?
20. ¿Practicabas algún deporte cuando estabas en la escuela secundaria? ¿Cuál? ¿Te interesaba el atletismo? ¿Preferías ser espectador(a) a veces?

Dichos y refranes

Lee los siguientes diálogos en voz alta con un(a) compañero(a). Traten de averiguar el significado de los dichos en cursiva y de determinar si tienen equivalente en inglés.

1. —Mi equipo está ganando ochenta a setenta. Esta vez vamos a ganar el campeonato.
   —No debes *cantar victoria antes de tiempo.* Todavía faltan veinte minutos de juego.
2. —Tito está tomando seis clases y tiene práctica de básquetbol todas las tardes.
   —Sí, y le va mal en todo.
   —Sí, como bien dicen, *el que mucho abarca, poco aprieta.*
3. —Ayer Norberto Cáceres fue elegido el mejor jugador de su equipo.
   —¡Y pensar que cuando comenzó, nadie tenía fe en él...!
   —Sí, pero se esforzó y demostró que *querer es poder.*

Y ahora... ¡escucha!

Vas a escuchar las noticias deportivas de la semana. Lee lo siguiente antes de escucharlas. Al escuchar la información, presta atención y trata de anotar los datos más importantes. Si no entiendes algo, escucha otra vez.

Baloncesto

Nombre de los equipos: 1. ______________ 2. ______________
Equipo ganador: ______________
Anotación final: ______________
Jugador más valioso: ______________

Tenis

Nombre del evento: ______________
Ciudad donde se celebra: ______________
Fecha en que comienza el evento: ______________
Campeón de tenis del año pasado: ______________
Su oponente: ______________

Fútbol

Equipos que jugaron ayer: 1. ______________ 2. ______________
Equipo ganador: ______________
Anotación final: ______________
Equipos que juegan mañana: 1. ______________ 2. ______________

Costumbres y tradiciones

Bailando en una fiesta de carnaval.

TEMAS

- Días de fiesta
- Celebraciones
- El Carnaval
- La astrología: ¿ciencia o ficción?
- Supersticiones

Antes de conversar

Vocabulario clave

Nombres

el (la) amante lover
el astro, la estrella star
la balanza scale
la bandera flag
la canción song
el desfile parade
el día festivo holiday
el dulce candy, sweet
el (la) escritor(a) writer
el fuego, el incendio fire
los fuegos artificiales fireworks
los gemelos, mellizos twins
el guerrero warrior
el hogar home
el (la) judío(a) Jewish person
la llegada arrival
la luna moon
el mandato order
el miembro member
el nacimiento birth
la palabra word
  —clave key word
la pata de conejo rabbit's foot
el (la) pensador(a) thinker
el peso weight
la reina queen
la semejanza similarity
la sensibilidad sensitivity
el soldado soldier
la sonrisa smile
la Tierra Earth
la valentía courage

Verbos

apoyar to support
crear to create
diseñar to design
disfrazarse (de) to wear a costume, to disguise oneself (as)
doblar to fold
honrar to honor
imprimir to print
mandar to order, to give orders
patrocinar to sponsor
pertenecer (yo pertenezco) to belong
pesar to weigh
regir (e → i) to rule

Adjetivos

agudo(a) sharp
apasionado(a) passionate
cuidadoso(a) careful
divertido(a) fun-loving, amusing
dominante domineering
duro(a) harsh, hard
enamorado(a) in love
imperioso(a) demanding
inquieto(a) restless
leal loyal
profundo(a) deep
tierno(a) tender

Otras palabras y expresiones

a medida que as
al cabo de after
darse por vencido(a) to give up
menos except
salirse con la suya to get one's way

Palabras y más palabras

Encuentra en la columna B las respuestas a las preguntas de la columna A.

A

1. ¿Luis quiere perder peso?
2. ¿Ves la luna?
3. ¿Ella es una persona dura?
4. ¿Ana y Eva son hermanas?
5. ¿Es un hombre imperioso?
6. ¿Perteneces a algún club?
7. ¿Van a honrar a los guerreros?
8. ¿De qué se va a disfrazar ella?
9. ¿Ella es tranquila?
10. ¿Ella siempre obedece a su esposo?
11. ¿Qué esperan?
12. ¿Todos se dieron por vencidos?
13. ¿Tus padres te llevaron a ver el desfile y los fuegos artificiales?
14. ¿Qué hacen a medida que trabajan?
15. ¿Ella es escritora?
16. ¿El 25 de diciembre es un día festivo?
17. ¿No pueden pesar la fruta?
18. ¿Cuáles son los colores de la bandera norteamericana?
19. ¿De quién es la estatua "El pensador"?
20. ¿Eva sonrió cuando le diste la pata de conejo?
21. ¿Qué va a patrocinar la universidad?
22. ¿Cómo es Amanda?
23. ¿Tú quieres crear un nuevo departamento?
24. ¿Imprimieron las invitaciones?
25. Para tu familia, ¿cuál es la palabra clave?

B

a. De bailarina. Yo diseñé el vestido.
b. La llegada del avión.
c. Sí. Escribió una novela sobre la reina de Inglaterra.
d. ¡Al contrario! Es muy inquieta.
e. Sí, yo quería verlos y me salí con la mía.
f. Sí, menos Eva. ¡Qué valentía!
g. No, porque no tenemos balanza.
h. Sí, son gemelas.
i. De Rodín.
j. Cantan canciones de su país.
k. Sí, y tiene una hermosa sonrisa. ¡Estoy enamorado!
l. Sí, le gusta mandar.
m. Es divertida, apasionada, profunda y leal.
n. Una conferencia sobre el planeta Tierra.
o. Sí, y las estrellas...
p. "Hogar".
q. No, es tierna, cuidadosa y tiene mucha sensibilidad.
r. Sí, pero la universidad no me apoya.
s. Sí, ¡al cabo de un mes!
t. Sí, porque pesa cien kilos. ¡Es que es amante de los dulces!
u. Rojo, blanco y azul.
v. Sí, a los soldados de la Guerra de Vietnam.
w. Sí, los cristianos celebran el nacimiento de Jesús.
x. Sí, él es muy dominante.
y. Sí, soy miembro de tres clubes.

En grupos

Actividad 1: Fechas memorables

¿Cuáles son algunas de las principales fiestas que se celebran en este país? Trabaja con dos compañeros para encontrar en la columna B las fechas que corresponden a las descripciones en la columna A.

A	B
1. Es el Día de la Independencia.	a. el primero de enero
2. Los niños se disfrazan y van de casa en casa pidiendo dulces.	b. el 14 de febrero
3. Es el Día de los Enamorados.	c. el 17 de marzo
4. Los cristianos celebran el nacimiento de Jesús.	d. el segundo domingo de mayo
5. Es el Día de Acción de Gracias.	e. el último lunes de mayo
6. Celebramos la llegada de un nuevo año.	f. el 14 de junio
7. Los judíos celebran el festival de las luces.	g. el tercer domingo de junio
8. Los hijos honran a su madre este día.	h. el 4 de julio
9. Mucha gente se pone ropa de color verde este día.	i. el primer lunes de septiembre
10. Se celebra el Día de los Trabajadores.	j. el 12 de octubre
11. Se celebra la llegada de Cristóbal Colón al Nuevo Mundo.	k. el 31 de octubre
12. Se honra la memoria de los soldados que murieron por la patria.	l. el cuarto jueves de noviembre
13. Es el día en que honramos a nuestros padres.	m. durante ocho días en el mes de diciembre
14. Celebramos el Día de la Bandera.	n. el 25 de diciembre

Actividad 2: ¿Qué celebramos?

La clase se dividirá en cuatro grupos para el siguiente juego. Los miembros de cada grupo deben escribir nombres de diferentes días festivos en tarjetas pequeñas, doblarlas y pasarlas a otro grupo. Después, todos los miembros del grupo menos uno leen una de las tarjetas. La persona que no la ha leído tiene que tratar de adivinar cuál es la celebración, haciéndoles preguntas a los otros miembros del grupo, que sólo contestarán "sí" o "no". (Por ejemplo: ¿En este día la gente canta canciones especiales?) No se permite preguntar ni por la fecha ni por el mes en que se celebra la fiesta. Si al cabo de dos minutos la persona no puede adivinar cuál es la celebración, debe darse por vencida diciendo: "Me doy por vencido(a)". Sigan jugando hasta que todos hayan tenido la oportunidad de tratar de adivinar un día festivo.

Actividad 3: Una celebración nueva

Paso 1

En algunos países hispánicos se celebra el Día de la Amistad, una celebración que no existe en Estados Unidos. ¿Por qué no crearla? En grupos de cuatro estudiantes, decidan lo siguiente.

1. ¿En qué fecha se va a celebrar el Día de la Amistad? Expliquen por qué escogen esa fecha.
2. ¿Qué cosas puede hacer la gente por sus amigos ese día?
3. ¿Qué canciones, comida u otras tradiciones quieren que se asocien con ese día?
4. ¿Qué van a hacer Uds. para propagar la idea del Día de la Amistad?

Paso 2

Ahora diseñen Uds. una tarjeta apropiada para enviarla el Día de la Amistad. Comparen sus ideas con las de otros grupos y, entre todos, escojan las mejores ideas y voten por la tarjeta más original.

Actividad 4: Carnaval en Miami

Paso 1

En grupos de cuatro estudiantes, lean el anuncio que aparece a continuación y contesten las preguntas.

1. ¿Qué organización patrocina el evento?
2. ¿Cuándo y dónde se celebra?
3. ¿Cuántas horas dura la fiesta?
4. ¿Qué va a pasar a las siete de la noche?
5. ¿Qué atracciones y actividades especiales se ofrecen en el festival?
6. ¿En qué otras ciudades de Estados Unidos celebran los carnavales?
7. ¿Cuál es una de las fiestas de carnaval más populares del mundo? ¿Qué saben Uds. sobre ella?

Paso 2

Ahora imagínense que Uds. están en el festival. De todas las cosas que es posible hacer allí, ¿cuáles prefieren hacer Uds. y por qué? Comparen sus respuestas con las de otros grupos.

Paso 3

Describan la última celebración pública a la que asistieron. ¿Dónde y cuándo fue? ¿Qué evento o día festivo se celebraba? ¿Cómo fue? ¿Qué hicieron Uds.? ¿Se divirtieron? ¿Piensan volver a asistir a una celebración de este tipo? ¿Por qué?

Actividad 5: ¿Qué pasa aquí?

Mira el dibujo y habla con un(a) compañero(a) de lo que ven. Describan la tradición hispánica que ilustra, con el mayor detalle posible. ¿Qué día se está celebrando? ¿Qué hacen las personas?

Actividad 6: La astrología: ¿ciencia o ficción?

Paso 1

Algunas personas creen que los astros rigen (*rule*) su vida y que las características de un individuo dependen del signo al cual pertenece. ¿Qué crees tú? Con dos o tres compañeros, lee el siguiente horóscopo, turnándose (*taking turns*) para leer en voz alta lo que corresponde a cada signo. A medida que lean (*As you read*), clasifiquen las características de cada signo como positivas o negativas. Comparen sus características personales con las de su signo y comparen las características de sus amigos y familiares con las del signo que le corresponde a cada uno de ellos.

El horóscopo

ARIES (*21 de marzo – 20 de abril*)

Signo de Fuego. Corresponde a personas muy apasionadas. Su palabra clave es SOY. Alegre pero guerrero como el planeta Marte, que es su regente. Sabe mandar y siempre se sale con la suya. Este signo da grandes pensadores. El primero del zodíaco, es el primero siempre. Nació para ser líder y lo sabe. Muchos son grandes periodistas, escritores, médicos y militares. Charles Chaplin y Juan Sebastián Bach eran hijos de Aries.

TAURO (*21 de abril – 21 de mayo*)

Signo de Tierra. Su palabra clave es TENGO. Su mayor rasgo de carácter es un sentido profundo de la posesión. Son grandes trabajadores y amantes de la belleza (Venus es su planeta regente). Tienen inclinación a la música, a la decoración y al hogar. Los de este signo son obstinados, así que no trate de hacerles hacer algo que no quieren. Sigmund Freud y Salvador Dalí eran hijos de Tauro.

GÉMINIS (*22 de mayo – 21 de junio*)

Signo de Aire. Su palabra clave es PIENSO. Son inteligentes, inquietos y muy variables. Son grandes comunicadores. Su planeta regente es Mercurio. Las personas de este signo se pasan la vida buscando algo sin saber qué. El signo de Géminis lo representan los gemelos y, en efecto, los hijos de este signo tienen una personalidad doble. John F. Kennedy y la reina Victoria de Inglaterra pertenecen a este signo.

CÁNCER (*22 de junio – 23 de julio*)

Signo de Agua. Su palabra clave es SIENTO. Este hijo de la Luna es emocional, de humor cambiante y divertido. Tiene muy desarrollada la vena maternal. Los de este signo son como una placa fotográfica, pues imprimen todas las sensaciones y no las olvidan jamás. Los hijos de Cáncer parecen duros pero, en realidad, son tiernos. Cancerianos famosos: Ernest Hemingway y Helen Keller.

LEO (*24 de julio – 23 de agosto*)

Signo de Fuego. Su palabra clave es QUIERO. Son imperiosos, apasionados, dominantes y grandes líderes. Nacieron para mandar. Son muy generosos, pero no les gusta que le discutan su mandato; siempre quieren ser el centro del universo. Muchos hijos o hijas de Leo se convierten en estrellas del cine o de la política. Generalmente los hijos de Leo se casan más de una vez. Leos famosos: Napoleón Bonaparte y Lucille Ball.

VIRGO (*24 de agosto – 23 de septiembre*)

Signo de Tierra. Su palabra clave es ANALIZO. Son personas muy cuidadosas, organizadas, metódicas y reservadas. Los hijos de Virgo son muy corteses y aparentemente se llevan bien con todo el mundo pero, supremos dueños de la diplomacia, siempre tienen un recurso válido para no hacer lo que no quieren. Como Mercurio es su planeta regente, triunfan en el mundo de las comunicaciones. Virgos famosos: León Tolstoy y Sofía Loren.

LIBRA (*24 de septiembre – 23 de octubre*)

Signo de Aire. Su palabra clave es PESO. Planeta regente: Venus. Las personas de este signo son muy serenas y estables, y están simbolizadas en la balanza de la justicia. Los libranos pesan el pro y el contra de todas las opciones. Los hijos de Libra son indecisos, pero eso es porque buscan la verdad. Parecen llevar el peso del mundo sobre sus poderosas espaldas, pero nunca se quejan y siempre tienen una sonrisa para todos. Libranos famosos: Franz Liszt y Sara Bernhardt.

ESCORPIÓN (*24 de octubre – 22 de noviembre*)

Signo de Agua. Su palabra clave es DESEO. Sus planetas regentes son Plutón y Marte. Las personas nacidas bajo este signo son leales y románticas. La valentía, la acción y el amor por el trabajo son algunas de sus características. Tienen una aguda intuición y generalmente son introvertidas. Escorpiones famosos: Edgar Allan Poe y Marie S. Curie.

SAGITARIO (*23 de noviembre – 21 de diciembre*)

Signo de Fuego. Su palabra clave es VEO. Es un signo de Fuego, que significa la llama movible, lo cambiante. Son personas simpáticas, muy amantes de la humanidad, aventureras, inquietas y generosas. Su planeta, Júpiter, es el regente del talento y del éxito. Son idealistas y pacifistas. Sagitarios famosos: Winston Churchill y Steven Spielberg.

CAPRICORNIO (*22 de diciembre – 20 de enero*)

Signo de Tierra. Su palabra clave es USO. Con Saturno como regente, estas personas son profundas, pesimistas, obedientes y muy trabajadoras. Tienen energía interior y una gran fuerza de voluntad. Son serios, reflexivos y muy amantes del hogar, pero son capaces de manipular a todo el mundo. Capricornianos famosos: Martin Luther King y Juana de Arco.

ACUARIO (*21 de enero – 19 de febrero*)

Signo de Aire. Su palabra clave es SÉ. El Acuario es una persona tan libre que no siente respeto ni por las tradiciones ni por los convencionalismos. Su regente es el planeta Urano. Pueden llegar a ser héroes o santos, porque aman las grandes causas. Detestan que los comparen con otras personas. Hijos famosos de este signo: Ronald Reagan y Franklin D. Roosevelt.

PISCIS (*20 de febrero – 20 de marzo*)

Signo de Agua. Su palabra clave es CREO. Su regente es Neptuno, y por eso viven en un mundo de sueños, ideales, escapismos... Son seres de una sensibilidad extrema, pero con mucha imaginación, por lo que casi es válido caracterizarlos no sólo como CREO sino también como SUEÑO. Piscianos famosos: Elizabeth Taylor y Federico Chopin.

Paso 2

En general, ¿son más las semejanzas o son más las diferencias que existen entre la personalidad de cada individuo y las características que le corresponden según su signo? Comparen sus respuestas con las del resto de la clase.

Paso 3

Compartan sus opiniones sobre la astrología. ¿La consideran simplemente una superstición, o creen que hay algo de cierto en ella? ¿Por qué?

Actividad 7: Supersticiones de los niños... y de los adultos

Paso 1

Antes de venir a clase, haz una lista de las supersticiones y de las cosas imaginarias en las que creías de niño(a).

Paso 2

En grupos de tres, comparen sus listas y también lo que les decían sus padres o hermanos mayores en cuanto a las cosas que creían. En general, ¿apoyaban o refutaban sus ideas? ¿Por qué?

Paso 3

Ahora la clase va a hablar de algunas supersticiones que tienen muchos adultos. El (La) profesor(a) va a escribir en la pizarra una lista de ellas. Después, cada estudiante va a indicar en cuáles de ellas cree. ¿Cuántos estudiantes de la clase creen en cada superstición? ¿Hay algunas sorpresas?

Actividad 8: Una encuesta

Entrevista a tus compañeros de clase para tratar de identificar a las personas que...

1. se disfrazaron para Halloween el año pasado.
2. pertenecen a un club automovilístico.
3. son muy apasionadas.
4. eran muy divertidas cuando eran adolescentes.
5. son un poco dominantes a veces.
6. son muy leales.
7. no se dan por vencidas fácilmente.
8. generalmente se salen con la suya.
9. son amantes de la poesía.
10. comían muchos dulces cuando eran niños.
11. fueron a ver los fuegos artificiales el 4 de julio del año pasado.

12. tienen un(a) hermano(a) mellizo(a).
13. tienen mucha sensibilidad.
14. siempre tienen una sonrisa en los labios.
15. quieren ser escritores.

Actividad 9: Para conocernos mejor

Para hablar de lo que se necesita hacer:

Es necesario que...	It is necessary that . . .
Es mejor que...	It is better that . . .
Es imprescindible que...	It is essential that . . .
Urge que...	It is urgent that . . .
Es importante que...	It is important that . . .

Para hablar de cómo se siente uno con respecto a ciertas cosas:

Ojalá que...	I hope that . . .
Es una lástima que...	It's a pity that . . .
Parece increíble que...	It seems incredible that . . .
Es una pena que...	It's too bad that . . .
Es una suerte que...	It's lucky that . . .

En parejas, háganse las siguientes preguntas, usando las frases presentadas apropiadamente en la conversación.

1. ¿Te disfrazaste el día de Halloween el año pasado? ¿De qué?
2. ¿Cómo celebraron tú y tu familia el cuatro de julio? ¿Y el Día de Acción de Gracias?
3. ¿Tú esperas que una pata de conejo te traiga buena suerte? ¿Temes que un gato negro te traiga mala suerte?
4. ¿Sabes cuál es tu planeta regente? ¿Cuál es tu palabra clave?
5. ¿Lees tu horóscopo? ¿Sabes cuál es tu signo del Zodíaco?
6. ¿Tu signo es de Tierra, de Fuego, de Agua o de Aire? ¿Tu personalidad es como la describen las características de tu signo?
7. ¿Qué cosas crees tú que traen buena suerte? ¿Qué cosas crees que traen mala suerte?
8. ¿Sabes qué eventos patrocina la universidad? ¿Es importante asistir a esos eventos?
9. ¿Qué tradición hispánica te parece más interesante? ¿Por qué?
10. ¿Sabes cantar algunos villancicos en español?
11. ¿Participabas en algunos desfiles cuando estabas en la escuela secundaria?
12. Tengo que diseñar una bandera. ¿Qué colores me aconsejas que use?
13. El Club de Español va a patrocinar un viaje para un estudiante. Si tú ganas el viaje, ¿a qué país esperas que te manden? ¿Por qué? ¿Quieres que alguien vaya contigo? ¿Quién?
14. ¿Siempre te sales con la tuya o te das por vencido(a) fácilmente?
15. ¿Te consideras una persona tranquila o inquieta?
16. ¿Es más importante que un(a) amigo(a) sea divertido(a) o que sea leal? ¿Por qué?
17. ¿Tú eres una persona de humor cambiante o de carácter estable?
18. ¿Hay mellizos en tu familia?

Dichos y refranes

Lee los siguientes diálogos en voz alta con un(a) compañero(a). Traten de averiguar el significado de los dichos en cursiva y de determinar si tienen equivalente en inglés.

1. —Carlos fue muy injusto conmigo, pero yo lo perdoné.
   —Hiciste bien, porque como dicen, *errar es humano; perdonar es divino.*
2. —No tengo trabajo ni dinero y estoy enfermo. No sé qué voy a hacer.
   —No te desesperes. Todo va a cambiar. Recuerda que *no hay mal que dure cien años.*
3. —¿Por qué no quieres viajar mañana?
   —Porque es martes trece.
   —¡Ah, verdad! *Martes trece, ni te cases ni te embarques.*

Y ahora... ¡escucha!

Vas a escuchar información sobre las fiestas que se ofrecen en distintos clubes y restaurantes la noche de Fin de Año. Lee lo siguiente antes de escucharla. Al escuchar la información, presta atención y trata de anotar los datos más importantes. Si no entiendes algo, escucha otra vez.

Nombre del club: ______________________
Lugar del club donde se celebra la fiesta: ______________________
Nombre de la orquesta: ______________________
Nombre del grupo: ______________________
Espectáculo que se presenta: ______________________
Precio: ______________________
Incluidas con la entrada: ______________________
____
Ropa requerida: Damas ______________________
Caballeros ______________________
Hora de la cena: ______________________
Hora en que comienza el baile: ______________________
Nombre del restaurante: ______________________
Precio de la cena: ______________________
Nombre del conjunto musical: ______________________
Incluida en el precio: ______________________
Nombre del hotel: ______________________
Precio de la cena: ______________________
Tipo de comida: ______________________
Espectáculo: ______________________

LECCIÓN 5

Es mejor prevenir que curar

Esta joven hispana practica yoga en un parque.

TEMAS

El ejercicio
El estrés
Alimentos nutritivos
Cómo planear un menú
Las dietas

Antes de conversar

Vocabulario clave

Nombres

el ajo garlic
el alimento food, nourishment
la balanza scale
la barriga belly
el caldo, consomé broth
la cebolla onion
la comida food, meal
el corazón heart
la crema de leche agria sour cream
el embotellamiento de tráfico traffic jam
la fila, cola (see *hacer cola*) line
la galleta cracker
la grasa fat
el latido del corazón heartbeat
la leche descremada non-fat milk
la libra pound
la marca brand
el pan duro stale bread
la pechuga breast (*chicken, turkey, etc.*)
el pedazo, trozo piece
la pérdida loss
el peso weight
el pulmón lung
la rebanada slice
la receta recipe
la regla rule
el riesgo risk
la salud health
el (la) socio(a) member
el trigo wheat

Verbos

adelgazar, perder peso to lose weight
aumentar to increase
calentar (e → ie) to heat
colocar to place
disminuir (yo disminuyo) to decrease
dorar to brown
engañar to deceive
fijarse to notice
latir to beat, to palpitate
lograr to achieve
padecer (yo padezco) to suffer (*from a disease*)
pelar to peel
perjudicar to damage
permanecer (yo permanezco), quedar to remain
utilizar, usar to use, to wear

Adjetivos

agotado(a), exhausto(a) exhausted
agudo(a) keen, sharp
apretado(a) tight
bajo(a) low
constante persevering
crudo(a) raw
duro(a) hard
fuerte strong
nutritivo(a) nourishing
propenso(a) prone
sano(a) healthy
seco(a) dry
útil useful

Otras palabras y expresiones

al principio at the beginning
cocinar al vapor to steam
dejar cocinar to let cook
hacer cola to stand in line
hacer ejercicio to exercise
hacia el final toward the end
pasado por agua soft-boiled
ponerse en forma to get in shape
tener en cuenta to keep in mind

Palabras y más palabras

A. Circula la palabra o frase que no pertenece al grupo.

1. ajo	cebolla	fila
2. galleta	pedazo	trozo
3. comida	pulmón	alimento
4. ponerse en forma	hacer ejercicio	dejar cocinar
5. balanza	corazón	barriga
6. engañar	poner	colocar
7. utilizar	padecer	usar
8. cocinar al vapor	dorar	al principio
9. fuerte	agotado	exhausto
10. caldo	consomé	libra
11. leche descremada	marca	crema de leche agria
12. adelgazar	pelar	perder peso
13. permanecer	perjudicar	quedar
14. latir	fijarse	notar
15. disminuir	aumentar	lograr
16. húmedo	útil	seco

B. Encuentra en la columna B las respuestas a las preguntas de la columna A.

A

1. ¿Por qué llegó tan tarde?
2. ¿Qué había para comer?
3. ¿Quieres una rebanada de pan?
4. ¿Vas a preparar la sopa?
5. ¿Fue al médico?
6. ¿Qué parte del pollo te gusta?
7. ¿Qué debo tener en cuenta?
8. ¿Comiste huevos fritos?
9. Si quieres perder peso, ¿qué debes hacer?
10. ¿Qué vas a hacer con el café?
11. ¿La carne está cocinada?
12. ¿Ella es sana?
13. ¿De qué es el pan?
14. ¿Cómo te queda el vestido?
15. ¿Qué hago con la carne?
16. ¿Qué escuchaba el médico?

B

a. No puedo. No tengo la receta.
b. No, pasados por agua.
c. La pechuga.
d. Evitar la grasa.
e. Los riesgos.
f. No, está cruda.
g. No, no tengo hambre.
h. Un poco apretado.
i. No, es propensa a varias enfermedades.
j. Sólo un trozo de pan duro.
k. De trigo.
l. Sí, porque no estaba bien de salud.
m. Hubo un embotellamiento de tráfico.
n. Tienes que dorarla.
o. Lo voy a calentar.
p. El latido de su corazón.

En grupos

Actividad 1: ¡Sanos y fuertes!

Paso 1

¿Qué hay que hacer para llegar a tener "una mente sana en un cuerpo sano"? Completa la siguiente información antes de venir a clase. Luego reúnete con tres compañeros(as) para comparar notas.

¿Qué aspectos de mi salud y de mi condición física quiero mejorar?

1. ______________________________
2. ______________________________
3. ______________________________
4. ______________________________
5. ______________________________

¿Qué necesito hacer para lograr lo que me propongo?

1. ______________________________
2. ______________________________
3. ______________________________
4. ______________________________
5. ______________________________

¿Quién me va a ayudar? ¿Qué instituciones, organizaciones o productos me pueden ser útiles?

Personas ______________________________
____

Instituciones ______________________________
Organizaciones ______________________________
Productos ______________________________
____

Paso 2

Ahora compara tus planes y objetivos con los de tus compañeros(as). ¿Te parecen realistas sus planes? ¿Qué opinan ellos(as) de los tuyos? ¿Qué consejos pueden Uds. darse unos a otros?

Actividad 2: Al hacer ejercicio

En grupos de cuatro estudiantes, lean las "reglas de oro". Después de leerlas, contesten las preguntas y decidan si pueden o si quieren seguir las reglas.

Las diez reglas de oro de un programa de ejercicio

1. Consulte a un médico antes de empezar un programa de ejercicio.
2. No trate de hacer más de lo que puede. Conozca sus propias limitaciones.
3. Aumente la intensidad de los ejercicios gradualmente.
4. Utilice zapatos apropiados para el tipo de ejercicio que va a hacer.
5. No use ropa apretada.
6. Haga ejercicio durante las horas del día en que no hace demasiado calor.
7. Evite la deshidratación tomando líquidos, preferentemente agua.
8. Pase por lo menos 30 minutos diarios haciendo ejercicio.
9. Disminuya la intensidad del ejercicio si su corazón late más rápido de lo que debe.
10. Sea constante en su programa de ejercicio.

1. ¿Hablaron Uds. con su médico(a) sobre la importancia del ejercicio físico? ¿Qué recomendaciones o consejos recibieron?
2. ¿Cuánto ejercicio pueden hacer Uds. sin sentirse agotados? ¿Qué tipo de ejercicio prefieren?
3. ¿Qué cantidad y qué tipo de ejercicio hacen Uds. ahora? ¿Qué esperan lograr dentro de una semana, un mes, un año?
4. ¿Qué marca de zapato prefieren para hacer ejercicio? ¿Por qué?
5. ¿Qué tipo de ropa usan para hacer ejercicio? ¿Por qué la prefieren?
6. ¿A qué hora del día hacen Uds. ejercicio? ¿Por qué lo hacen a esa hora?
7. ¿Cuánto tiempo dedican al ejercicio cada día? ¿Es suficiente?
8. ¿Chequean Uds. el latido de su corazón cuando hacen ejercicio?
9. De las "reglas de oro", ¿cuáles son las más fáciles y cuáles son las más difíciles de seguir para Uds.? ¿Por qué?

Fáciles	**Difíciles**
____________________	____________________
____________________	____________________
____________________	____________________
____________________	____________________
____________________	____________________
____________________	____________________
____________________	____________________
____________________	____________________
____________________	____________________
____________________	____________________
____________________	____________________
____________________	____________________
____________________	____________________
____________________	____________________

Actividad 3: ¡Pongámonos en forma!

Paso 1

En parejas, lean el siguiente anuncio y contesten las preguntas.

1. ¿En qué ciudad está el gimnasio? ¿Saben Uds. en qué país está?
2. ¿Cuál es la dirección del gimnasio?
3. ¿Cómo se llama la dueña del gimnasio?
4. ¿Cuánto cuesta ser socio(a)?
5. Si Uds. no quieren pagar la matrícula, ¿qué deben tratar de hacer?
6. ¿El gimnasio es sólo para mujeres? ¿Cómo lo saben Uds.?
7. Las personas a quienes no les gusta hacer ejercicio con máquinas, ¿van a encontrar algo que hacer en este gimnasio?
8. ¿Qué tipos de ejercicio ofrecen en el gimnasio?

Paso 2

Ahora representen una escena entre un(a) empleado(a) de un gimnasio, ansioso(a) de atraer a nuevos socios, y una persona que ha entrado a pedir información sobre los servicios que ofrecen allí.

Actividad 4: ¿Qué pasa aquí?

Mira el dibujo y habla con un(a) compañero(a) de lo que está pasando en el Gimnasio José Lalínea. Usen su imaginación. ¿Quiénes están allí? ¿Qué hacen? ¿Qué piensan? ¿Qué profesiones tienen? ¿Tienen problemas... sueños? ¿Cuánto pesan? ¿Cuánto peso perdieron? ¿Qué pueden y qué no pueden hacer en el gimnasio? ¿Cómo se sienten? Tú y tu compañero(a) van a darles vida y personalidad a todos los que se ven aquí. Comparen luego sus respuestas con las de otros compañeros de clase.

Actividad 5: ¿Padeces de estrés?

Paso 1

La tensión nerviosa puede perjudicar (*endanger*) la salud. ¿Qué tipo de personalidad tienes? Completa el siguiente cuestionario para ver si tienes las características de las personas propensas al estrés. Mientras más particularidades reconozcas, más peligro corres de padecerlo. Pero recuerda, es posible controlar el estrés. Lo primero, sin embargo, es poder reconocerlo.

Sí	No	
☐	☐	1. Interrumpes a los demás cuando hablan.
☐	☐	2. Te impacientas cuando ves a otros hacer cosas que tú puedes hacer mejor y con más rapidez.
☐	☐	3. Te enfadas cuando tienes que hacer cola o cuando te encuentras en un embotellamiento de tráfico.
☐	☐	4. Te es muy difícil permanecer sentado(a) sin hacer nada.
☐	☐	5. Tienes más actividades cada día.
☐	☐	6. Das golpecitos rápidos con los dedos o con los pies.
☐	☐	7. A menudo usas lenguaje explosivo.
☐	☐	8. Tienes obsesión con la puntualidad.
☐	☐	9. Si juegas, lo haces para ganar.
☐	☐	10. No te fijas en el lugar o el paisaje donde estás ni en las cosas bellas.
☐	☐	11. Levantas la voz ante la menor provocación.
☐	☐	12. Te comparas con los demás.
☐	☐	13. Gesticulas exageradamente cuando hablas.

Paso 2

Ahora reúnete con dos compañeros(as) y comparen los resultados. ¿Quién es el (la) más propenso(a) al estrés?

Paso 3

¿Qué cosas pueden hacer para disminuir la tensión nerviosa?

Actividad 6: Nuestro menú semanal

Paso 1

En grupos de tres, preparen un menú semanal que sea nutritivo y bajo en calorías. ¡Recuerden que un exceso de grasas es muy malo para la salud! El menú para cada día debe incluir los siguientes elementos:

2–3 raciones de carne, pollo, pescado, frijoles secos o huevos
2–3 raciones de leche, queso o yogur
2–4 raciones de frutas
3–5 raciones de vegetales
4–6 raciones de pan, cereal, arroz o pasta
Grasas y aceites en moderación

MODELO:

Desayuno:
1/2 toronja
1 huevo pasado por agua
1 rebanada de pan de trigo
1 vaso de leche descremada

Almuerzo:
1 sándwich de atún
1 ensalada de lechuga y tomate
1 manzana pequeña
1 refresco de dieta

Cena:
1 pechuga de pollo asada
vegetales mixtos
1 taza de arroz
1 taza de ensalada de frutas
opcional: café

Entre comidas:
1 taza de caldo de vegetales
1/2 taza de yogur

Paso 2

Ahora comparen el menú que Uds. prepararon con el de otro grupo, teniendo en cuenta lo siguiente.

1. ¿Hay variedad de alimentos?
2. ¿Cumple las recomendaciones para los diferentes tipos de alimentos?
3. ¿Cuál tiene menos calorías?
4. ¿Cuál es más fácil de preparar?
5. ¿Cuál tiene más valor nutritivo?
6. ¿Cuál es más sabroso?

Actividad 7: La balanza, ¿amiga o enemiga?

En grupos de tres estudiantes, comenten las ideas de Ana María, una chica cuyo objetivo es perder unas cuantas libras (*pounds*). ¿Creen Uds. que va a lograr su propósito si sigue pensando así? ¿Por qué o por qué no?

Ana María dice:

1. Yo no necesito hacer dieta; solamente necesito comer menos y mejor.
2. Puedo hacer dieta sola, sin ayuda de nadie.
3. Nunca voy a comer nada entre comidas.
4. Yo puedo comer todo lo que quiero si como poco.
5. Todas las calorías son iguales.
6. Las proteínas son el mejor alimento en una dieta.
7. El ejercicio despierta el apetito.
8. El consomé es el perfecto aliado en una dieta.
9. Es más fácil perder peso si no desayuno.
10. Las dietas no funcionan.

Actividad 8: ¿Qué preparamos para la cena?

Paso 1

Tú y un(a) compañero(a) piensan invitar a algunos amigos a cenar. Uds. quieren preparar una cena ligera porque uno de ellos está tratando de adelgazar y porque no tienen mucho tiempo para cocinar. Alguien les ha recomendado la siguiente receta. Léanla y contesten las preguntas que aparecen a continuación para determinar si les conviene prepararla.

Pollo al pimentón

1 pollo grande cortado en ocho pedazos
2 cebollas grandes
2 dientes de ajo
4 cucharadas de aceite
4 cucharadas de pimentón
1 taza de agua o de caldo (instantáneo)
2 pimientos dulces (ajíes) rojos grandes
4 ó 5 tomates
2 cucharadas de crema de leche agria
Sal y pimienta

Lave las piezas de pollo y séquelas. Pele las cebollas y córtelas en pedacitos. Pele el ajo y córtelo bien fino.

Ponga a calentar 2 cucharadas de aceite en una sartén grande. Póngales sal a las piezas de pollo; écheles pimienta y dórelas por porciones. Hacia el final, póngales un poco de pimentón. Retírelas del fuego.

Agregue la grasa que queda y sofría en ella la cebolla. Añada el resto del pimentón y sofría un poco más. Vuelva a colocar las piezas de pollo, incorpore el ajo y el agua o caldo y deje cocinar a fuego lento durante unos 40 minutos.

Lave y pele los pimientos dulces (ajíes) y córtelos en tiritas. Sumerja los tomates en agua hirviendo unos segundos, para que la piel salga con facilidad; pélelos y córtelos en pedazos. Agréguelos al pollo unos 15 minutos antes de que se acabe de cocinar.

Retire las piezas de pollo, incorpore la crema agria y sazone con sal y pimienta. Sirva el pollo acompañado de la salsa.

1. ¿Cuáles son los ingredientes principales de la receta?
2. ¿Para cuántas personas creen Uds. que es la receta? ¿Por qué?
3. ¿Creen Uds. que la receta es baja en calorías o creen que tiene muchas calorías? ¿Por qué lo creen?
4. ¿Es una receta fácil o difícil de preparar?
5. ¿Cuánto tiempo calculan Uds. que van a necesitar para prepararla?
6. ¿Piensan preparar este plato? Si no, ¿qué otro plato podrían preparar?

Paso 2

Ahora escriban una receta para un entrante (*entrée*), una sopa, una ensalada o un postre que puedan servir en la cena[1].

____

Ingredientes

______________________ ______________________

______________________ ______________________

______________________ ______________________

Preparación

____

____

____

____

____

Suficiente para ________ personas

Actividad 9: Una encuesta

Entrevista a tus compañeros de clase para tratar de identificar a las personas que...

1. le ponen mucho ajo a la comida.
2. creen en el dicho "barriga llena, corazón contento".
3. comen papas asadas con crema de leche agria.
4. beben leche descremada.
5. prefieren comer la pechuga del pollo.
6. comieron un pedazo de torta ayer.
7. comieron dos rebanadas de pan esta mañana.
8. tienen muy buenas recetas.
9. prefieren comer pan de trigo.
10. son muy constantes.
11. prefieren cocinar las verduras al vapor.
12. hacen ejercicio todos los días.
13. comen huevos pasados por agua.
14. padecen de alergias.
15. son muy sanas y fuertes.

[1]Para sus recetas, aprovechen el vocabulario de la página 48, además del vocabulario de esta actividad.

Actividad 10: Para conocernos mejor

En parejas, háganse las siguientes preguntas.

1. ¿Qué alimentos crees que son indispensables para tener buena salud? ¿Son parte de tu dieta?
2. Cuando comes pollo, ¿prefieres el muslo o la pechuga?
3. ¿Qué crees tú que es más nutritivo: el pollo, el pescado o la carne de res?
4. Con una ensalada, ¿prefieres comer una rebanada de pan o galletas?
5. ¿Te gusta el pan de trigo o prefieres comer pan blanco?
6. ¿Prefieres comer vegetales crudos o cocinados al vapor?
7. ¿Qué vegetales tienen pocas calorías?
8. Cuando cocinas, ¿usas recetas? ¿Tienes alguna receta especial? ¿Compartes tus recetas con otras personas?
9. ¿Prefieres beber una taza de café o un vaso de leche? ¿Por qué?
10. ¿Crees que es una buena idea tomar leche descremada? ¿Por qué?
11. ¿Usas crema de leche agria en tus recetas?
12. ¿Te sientes agotado(a) a veces? ¿Qué haces cuando estás exhausto(a)?
13. ¿Qué tipo de ejercicio te gusta hacer? ¿Tienes bicicleta estacionaria? ¿Vas a un gimnasio o tienes equipo de hacer ejercicios en tu casa?
14. ¿Prefieres hacer danza aeróbica o levantar pesas? ¿O es mejor hacer las dos cosas?
15. ¿Con qué frecuencia vas al médico? ¿Crees que debes ir más a menudo? ¿Cuántas veces al año te hace el médico un buen chequeo?
16. ¿Hay alguien en tu familia que padezca del corazón?
17. ¿Te enfadas a veces? ¿Con quién? ¿Por qué?
18. ¿Vas a cambiar algunos de tus hábitos de hoy en adelante? ¿Cuáles?

Dichos y refranes

Lee los siguientes diálogos en voz alta con un(a) compañero(a). Traten de averiguar el significado de los dichos en cursiva y de determinar si tienen equivalente en inglés.

1. —Ana se cuida mucho. Come bien, duerme ocho horas al día... ¡y toma vitamina C!
   —Es que ella cree firmemente que *es mejor prevenir que curar.*

2. —Quiero casarme contigo, mi vida, pero no tengo dinero... Vamos a ser muy pobres al principio.
   —¡No me importa ser pobres, con tal de que estemos juntos! *Contigo, pan y cebolla...*

3. —A Raquel no le gusta el arroz, pero como tenía tanta hambre y no había otra cosa, se comió dos platos.
   —Bueno, hija, *a buena hambre, no hay pan duro.*

4. —A Paquito se le rompió su juguete favorito y se puso a llorar, pero su mamá le dio un helado y ahora se está riendo.
   —Como dice el dicho, *a barriga llena, corazón contento.*

Y ahora... ¡escucha!

Vas a escuchar un programa de radio en el que una experta en salud les ofrece algunos consejos a los oyentes. Lee lo siguiente antes de escuchar. Al escuchar la información, presta atención y trata de anotar los datos más importantes. Si no entiendes algo, escucha otra vez.

Nombre del programa: ____________________

Días en que se transmite: ____________________

Hora: ____________________

Nombre de la estación: ____________________

Nombre de la invitada de hoy: ____________________

Especialista en: ____________________

Tipo de actividad física de que habla: ____________________

Ventajas de esta actividad física:

V F no la practica mucha gente

V F es muy económica

V F es apropiada para ambos sexos

V F es especialmente apropiada para los jóvenes

V F hacerla diez minutos al día reduce el riesgo de muchas enfermedades

V F mejora el funcionamiento de los pulmones

V F fortalece los brazos

V F alivia el estrés

V F nos ayuda a perder peso

Consejos para los que practican este ejercicio:

1. Duración al comenzar a practicarlo: ____________________
2. Tipo de zapato: ____________________
3. Distancia a recorrer si se desea adelgazar: ____________________

LECCIÓN 6

De viaje

Para ir de un punto a otro en la ciudad, mucha gente toma el metro.

TEMAS

- Estudios en el extranjero
- Información práctica
- Hospedaje
- Orientándonos en la ciudad
- Alquiler de coches

Antes de conversar

Vocabulario clave

Nombres

la caja de seguridad safety box
el calzado footwear
el camión de bomberos fire truck
el camión de mudanzas moving van
la camioneta, furgoneta van
la cancha de tenis tennis court
la cantidad amount, quantity
el carril lane
las cataratas falls
las cejas eyebrows
el coche patrullero patrol car
la comodidad comfort
el cuidado care
la época time
el estacionamiento parking
la estrella star
la florería flower shop
la joya de fantasía costume jewelry
la joyería jewelry store
el juego de azar gambling
la lavandería laundry
la marca brand
la margarita daisy
los medios de transporte means of transportation
la orquídea orchid
el (la) otorrinolaringólogo(a) ear, nose, and throat specialist
el peaje toll
el plano map of a city
el ramo bouquet
la reacción en cadena chain reaction
el recargo extra charge
la selva jungle
la tienda de regalos souvenir store
la tintorería dry cleaner's

Verbos

alimentarse to eat, to feed oneself
arrancar to start (i.e., *a motor*)
atender (e → ie) to wait on
bastar to be enough
chocar to collide, to crash
cobrar to charge
construir to build
cruzar to cross
depilar to strip of hair
desocupar to vacate
entregar to deliver
marearse to get dizzy
planificar to plan
recorrer to go from place to place
teñir (e → i) to dye, to color (*hair*)

Adjetivos

bloqueado(a) blocked
delantero(a) front
determinado(a) specific
involucrado(a), envuelto(a) involved
trasero(a) back

Otras palabras y expresiones

a continuación following
adelante in front
alguna vez ever
atrás behind
con cuidado carefully
cualquier(a) any
hacer un crucero to take a cruise
hasta llegar a... until you get to . . .
llevar la delantera to be ahead
marchar sobre ruedas to go very well
poner énfasis to emphasize
seguir derecho to continue straight ahead
tener en cuenta to keep in mind

Palabras y más palabras

A. Encuentra en la columna B las respuestas a las preguntas de la columna A.

A

1. ¿Vas a lavar el suéter?
2. ¿Dónde has puesto las joyas?
3. ¿Te duele la garganta?
4. ¿Puedes encontrar esa calle?
5. ¿Dónde compraste los adornos?
6. ¿Qué le regalaste a Eva?
7. ¿Cómo van las cosas?
8. ¿Siempre vas a esa zapatería?
9. ¿Tengo que hacer ejercicio?
10. ¿Compraste calas?
11. ¿Dónde están los muebles?
12. ¿Te hicieron una manicura?
13. ¿Dónde dejaste el coche?
14. ¿Es un buen hotel?
15. ¿Dónde lavaste la ropa?
16. ¿Compraste un coche?
17. ¿Tu coche funciona?
18. ¿Hubo un accidente?
19. ¿Podemos quedarnos en el cuarto hasta la una?
20. ¿Has estado en México alguna vez?

B

a. En una tienda de regalos.
b. No, gladiolos.
c. Un ramo de rosas.
d. En la zona de estacionamiento.
e. No... no arranca...
f. Sí, y alimentarte bien.
g. En la lavandería.
h. Sí, y me depilaron las cejas.
i. No, tenemos que desocuparlo a las doce.
j. Sí, voy a ir al otorrinolaringólogo.
k. Sí, un coche chocó con un camión.
l. Sí, porque tienen muy buen calzado.
m. No, una camioneta.
n. No, lo voy a llevar a la tintorería.
o. No, nunca.
p. Todo marcha sobre ruedas.
q. ¡Sí! ¡Es de cinco estrellas!
r. En la caja de seguridad.
s. En el camión de mudanzas.
t. Sí, porque tengo un plano de la ciudad.

B. Completa las siguientes oraciones con vocabulario de la **Lección 6.**

1. Hubo un incendio. Los camiones de ______________ vinieron en seguida.
2. Están jugando en la ______________ de tenis.
3. Fuimos a ver las ______________ del Niágara.
4. Fui a la ______________ para comprar orquídeas y rosas.
5. ¿Qué ______________ de aceite usas? ¿Penzoil?
6. En esta ciudad hay muy buenos ______________ de transporte.
7. En esa autopista hay que pagar ______________.
8. Había mucha niebla y hubo un accidente. Fue una reacción en ______________. Hubo más de veinte automóviles ______________.
9. No la puedo ______________ ahora porque estoy ocupada.
10. Van a ______________ varios edificios en esta ciudad.
11. Puedes ______________ la calle porque la luz está en verde.
12. Ayer Carlos ______________ la ciudad y vio muchos lugares interesantes.
13. Me voy a ______________ el pelo de rubio.
14. ¿Prefieres sentarte en el asiento trasero o en el asiento ______________?
15. Maneje con ______________.

En grupos

Actividad 1: ¡Estudia español en Costa Rica!

Paso 1

Los estudiantes de tu clase están considerando la posibilidad de ir a estudiar a Costa Rica. En parejas, estudien el anuncio y contesten las siguientes preguntas.

CLASES AVANZADAS DE LENGUA
Y CULTURA ESPAÑOLAS
PARA ESTUDIANTES EXTRANJEROS
EN LA
UNIVERSIDAD DE SAN JOSÉ

27 de junio – 7 de agosto

Nivel: Intermedio
(Un mínimo de dos años de estudios a nivel universitario o su equivalente)

Programa de estudios: Cursos de Fonética, Cultura y Civilización, Composición y Conversación, Literatura e Historia del Arte

Viajes: El programa incluye un viaje de dos semanas en autobús con estancia en Puerto Viejo, Cartago, Rincón de la Vieja, Quepos, Jacó y Guanacaste.

Hospedaje: Los estudiantes se hospedan en casas de familias cuidadosamente seleccionadas.

Costo total: US $2.800 (pasaje en avión no incluido)

Para más información, diríjase a: Dra. Belén Orellana
Directora, Instituto de Verano
Universidad de San José
Apartado de Correos 314
San José
Costa Rica
Fax: (506) 234-3307

¡La mejor manera de aprender la lengua de un país es estar allí!

1. ¿Les convienen a Uds. las fechas del programa? ¿Por qué o por qué no?
2. De las clases que se ofrecen en el programa, ¿cuáles son las dos que más les interesan? ¿Por qué?
3. Si la directora del programa les preguntara a Uds. qué otras clases les gustaría que se ofrecieran en el programa, ¿qué le dirían?
4. ¿Con qué tipo de familia les gustaría hospedarse a Uds.?
5. ¿Cuánto dinero creen que van a necesitar en total para asistir a este programa? Tengan en cuenta el costo del pasaje y el dinero que necesitan para sus gastos personales.
6. ¿Cuáles son las ventajas de ir a Costa Rica y estudiar en este programa?

Paso 2

Ahora representen una escena entre un(a) estudiante que tiene interés en asistir a un programa de verano en un país de habla hispana y el (la) director(a) de uno de los programas que el (la) estudiante está investigando. El (La) estudiante debe obtener información sobre:

1. el costo y la duración del programa
2. el país y la ciudad en que se ofrece el programa
3. actividades, excursiones, etc., que incluye el programa
4. otros detalles pertinentes

El (La) director(a) debe contestar las preguntas y hablarle de las ventajas del programa. También debe informarle sobre lo que tiene que hacer para solicitar su ingreso en el programa (documentos necesarios, requisitos, etc.).

Actividad 2: De viaje

Paso 1

En grupos de cuatro estudiantes, hagan planes para hacer un viaje de Nueva York a California. Decidan si van a hacer el viaje en avión, en tren, en ómnibus o en coche. ¿Cuáles son las ventajas y desventajas de cada uno de estos medios de transporte?

	Ventajas	**Desventajas**
Avión	______________________	______________________
	______________________	______________________
	______________________	______________________
	______________________	______________________
	______________________	______________________
	______________________	______________________

Tren		
Ómnibus		
Coche		

Paso 2

Comparen sus respuestas con las de otros grupos. ¿Cuál es el medio de transporte que prefiere la mayoría? ¿Cuál es el menos popular? ¿Cuál es el más caro? ¿Cuáles son algunos de los factores que pueden cambiar estas preferencias?

Paso 3

Ahora imaginen que ustedes tienen la oportunidad de dar la vuelta al mundo en ochenta días. ¿Cómo lo piensan hacer? ¿Qué medios de transporte van a usar para viajar de continente a continente? ¡Planeen la gran aventura de su vida!

Actividad 3: En una agencia de viajes

Tú y dos compañeros(as) dirigen una agencia de viajes que organiza viajes al extranjero preparados especialmente para determinados grupos de turistas. Planifica con ellos viajes de una semana para los siguientes grupos. Decidan qué países van a visitar, qué medios de transporte van a usar, dónde van a dormir y a comer y cuáles son algunas actividades especiales que les van a interesar a sus clientes.

1. gente que quiere ver muchas cosas sin gastar mucho dinero
2. chicos de 16 años que estudian español
3. parejas que están en su luna de miel
4. una asociación de *gourmets*
5. un grupo de aficionados a las novelas de misterio

Actividad 4: ¿Dónde nos hospedamos?

En parejas, lean cuidadosamente el anuncio del Hotel Miramar que aparece a continuación. Basándose en la información que aparece en el anuncio, ¿qué ventajas creen Uds. que van a encontrar las siguientes personas si se hospedan en el Hotel Miramar?

1. A Carlos le encantan el baile y los deportes.
2. Los López están viajando con sus dos hijos pequeños.
3. Rosalía no tiene coche y no quiere alquilar uno.
4. El presidente de una compañía va a ofrecer una fiesta para sus empleados.
5. Ramiro viaja con muy poca ropa.
6. La Sra. Montes de Oca viaja siempre con mucho dinero y tiene joyas muy valiosas.
7. Ana Rosa y Jorge son una pareja de recién casados.
8. Al Sr. Valverde le gustan los juegos de azar y le encanta comer bien. Siempre compra muchos regalos para su familia.

Hotel Miramar

Disfrute del servicio, la comodidad y la atención que encuentra en nuestro hotel, situado a 10 minutos del aeropuerto y a 20 minutos del centro.

* 300 habitaciones con calefacción y aire acondicionado
* Televisor, teléfono y cajas de seguridad en todos los cuartos
* Baño privado con ducha y bañadera
* Canchas de tenis, campo de golf, piscinas y gimnasio
* Servicios de lavandería y tintorería
* Restaurantes, cafetería y salones para banquetes
* Casino, discoteca y tiendas de recuerdos
* Estacionamiento y transporte gratis al aeropuerto y al centro
* Cuidado de niños

Hotel Miramar

¡...Único en su clase!

Actividad 5: Por las calles de la ciudad

Paso 1

Tú y un(a) compañero(a) están estudiando español en un país de habla hispana y están tratando de ayudar a un estudiante que acaba de llegar a la universidad que ofrece el programa. Túrnense para decirle cómo llegar de un lugar a otro según este plano. Usen la forma **tú** del imperativo. Usen también expresiones como **seguir derecho, doblar** y **hasta llegar a....**

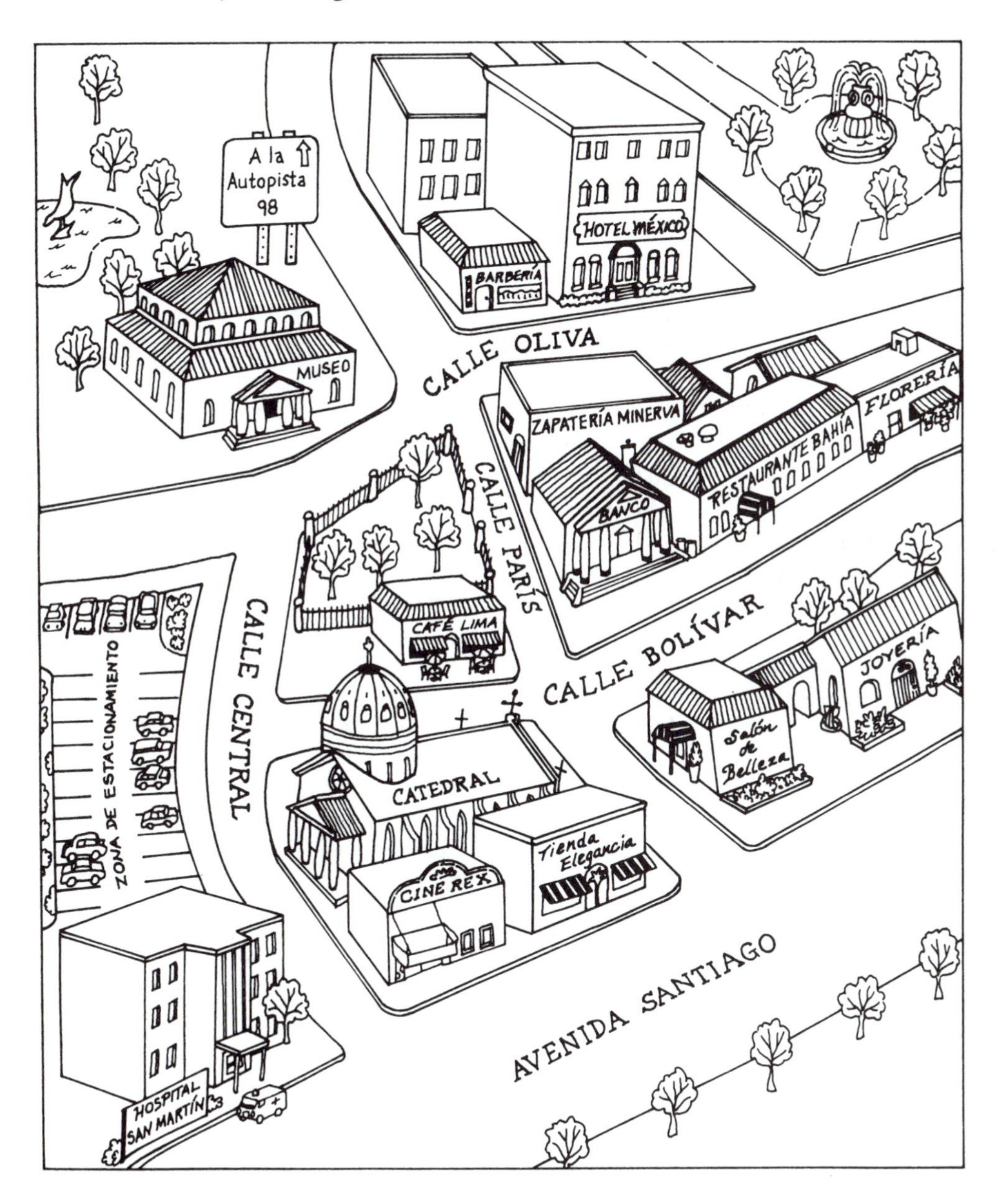

Para ir...

1. del hotel México a la catedral
2. del museo al salón de belleza
3. de la joyería a la zona de estacionamiento
4. del hospital San Martín al hotel México
5. de la zapatería Minerva a la joyería
6. de la tienda Elegancia a la florería
7. del hotel México al restaurante Bahía
8. de la joyería al museo
9. de la barbería al hospital
10. del café Lima al cine Rex

Paso 2

En grupos de tres, túrnense para darle información al nuevo estudiante sobre cada uno de estos lugares o establecimientos.

1. El hotel, ¿es de cinco estrellas? ¿Cómo son los precios? ¿Y el servicio? ¿Cómo hay que pagar? ¿A qué hora hay que desocupar el cuarto?
2. La barbería: hablen de los precios, del horario y de los barberos.
3. El museo, ¿qué tipos de colecciones tiene? ¿Cobran la entrada?
4. La zapatería Minerva, ¿tiene calzado para hombres y para mujeres?
5. El banco: ¿se puede cambiar dinero allí?
6. ¿Qué tal es la comida del restaurante Bahía? ¿Qué tipos de comida sirven? ¿Sirven comida todo el día? ¿Cuál es la especialidad de la casa?
7. ¿La florería tiene todo tipo de flores? ¿Entregan flores a domicilio? ¿Cuánto cuesta un ramo de rosas, por ejemplo? ¿Tienen margaritas, calas, gladiolos, orquídeas?
8. ¿Qué tal es el salón de belleza? ¿Pueden decirme algo sobre los peluqueros? ¿Hacen permanentes? ¿Puedo teñirme el pelo? ¿Puedo hacerme una manicura? ¿Me pueden depilar las cejas?
9. ¿Qué tipo de ropa venden en la tienda Elegancia? ¿Qué puedo comprar allí?
10. ¿Pasan películas norteamericanas en el cine Rex?
11. ¿Qué especialistas tienen en el hospital San Martín? ¿Tienen cardiólogos, dermatólogos, otorrinolaringólogos, oculistas, urólogos, cirujanos, ginecólogos, psiquiatras, etc.?
12. ¿Venden solamente joyas caras en la joyería? ¿Venden joyas de fantasía?
13. ¿Se puede estacionar fácilmente en la zona de estacionamiento? ¿Hay que pagar para estacionar allí?

Actividad 6: Información útil

Paso 1

En grupos de tres, preparen una lista de consejos para darle a un amigo que va a venir a estudiar en este país. Incluyan lo siguiente, explicando siempre por qué le dan cada consejo.

1. Dónde se debe hospedar.
2. Qué cursos debe tomar en la universidad.
3. Cómo se debe alimentar.
4. Qué debe hacer para cuidar su salud.
5. Qué cosas no debe hacer.
6. Qué debe hacer para tener muchas oportunidades de practicar el inglés.
7. Cuál es la mejor época para viajar a la ciudad donde está la universidad.
8. Cuánto tiempo debe quedarse aquí.
9. Cuál es la mejor manera de comunicarse con sus padres y sus amigos.
10. Qué debe hacer para adquirir vocabulario en su campo.
11. La ropa que debe traer según la época del año.
12. Lo que debe hacer para conseguir más información sobre el lugar donde va a vivir.

Paso 2

Comparen sus "consejos" con los de otros grupos y decidan cuáles son los mejores consejos en cada área.

Actividad 7: Mis experiencias

Paso 1

En grupos de cuatro, usen la lista que aparece aquí para hablar de las cosas que ustedes **nunca han hecho, han hecho muchas veces** y de las que **siempre han querido hacer.**

1. trabajar en un taller de mecánica
2. alquilar un coche
3. conducir un convertible
4. manejar sin seguro
5. instalar una batería
6. cambiar una goma pinchada
7. ser socio de un club automovilístico
8. conducir en un país extranjero
9. poner un anuncio en un periódico para vender un coche
10. viajar en tren
11. hacer un crucero
12. ir a Costa Rica
13. ver las Cataratas del Niágara
14. estar en una selva
15. escribir un informe sobre un país extranjero

Paso 2

Ahora hablen de las cosas que ustedes ya habían hecho, habían aprendido, habían comprado o habían arreglado antes de cumplir los veinte años. Todas estas cosas deben tener que ver con viajes, medios de transporte y con estadías en países extranjeros.

Actividad 8: Alquilemos un coche

Paso 1

Tú y dos compañeros(as) piensan pasar dos semanas en la Florida y planean alquilar un auto. Lean el anuncio y decidan si les conviene o no alquilarlo con Avis. Tengan en cuenta las preguntas de la siguiente página.

Tu viaje arranca
con pie derecho
cuando rentas
tu carro en AVIS

Tu próximo viaje a Florida, Nueva York o cualquier parte de Estados Unidos siempre marcha sobre ruedas cuando cuentas con Avis. Porque en economía y servicio de primera, nadie nos lleva la delantera.

- Nuestro Programa Super Value, te ofrece una tarifa económica, con kilometraje ilimitado.
- Nuestro avanzado sistema computarizado coordina todas las reservas automáticamente.
- Basta una llamada antes de viajar y tu reservación queda hecha, sin necesidad de reconfirmarla.
- Con Avis, siempre viajas en carros de último modelo de General Motors y otras marcas de calidad.
- Todos los carros se entregan con el tanque lleno, para tu mayor conveniencia.*
- Tenemos más de 1,000 oficinas en Estados Unidos y 60 en la Florida, para atenderte mejor.
- Además, no pagas recargo por entregar el carro en una oficina diferente de aquella donde lo recibiste, siempre y cuando sea dentro del estado de Florida.

Llámanos al 137-800-874-3556, donde hablamos español. Reserva con Avis tu próximo carro. Y date luz verde para tener un buen viaje, con Avis.

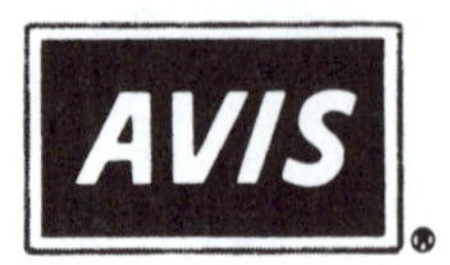

1. Uds. van a alquilar el carro en Miami, pero quieren entregarlo en Tampa. ¿Va a costarles más el alquiler del carro?
2. Uds. piensan recorrer varias ciudades de la Florida. ¿Van a tener que pagar una cantidad extra por viajar largas distancias? ¿Por qué?
3. No van a tener tiempo para confirmar su reservación. ¿Va a ser eso un problema?
4. Uds. quieren practicar su español mientras están en Miami. ¿Van a poder hacerlo cuando llamen a la agencia Avis? ¿Cómo lo saben Uds.?
5. Al recibir el carro en la agencia, ¿tendrán que ir directamente a una gasolinera? ¿Por qué?
6. Quieren alquilar un coche que esté en perfectas condiciones. ¿Creen Uds. que lo van a encontrar en Avis? ¿Cómo lo saben?
7. ¿De qué forma sugiere el anuncio que no tendrán ningún problema si alquilan con Avis?

Paso 2

Ahora imaginen que Uds. trabajan para una compañía que alquila coches y preparen un anuncio de televisión para la misma. Denle nombre a su compañía y traten de poner énfasis en el anuncio sobre las ventajas que obtendrán las personas que alquilen un coche con Uds. Representen su anuncio para el resto de la clase.

Actividad 9: Una encuesta

Entrevista a tus compañeros de clase para tratar de identificar a las personas que...

1. tienen sus papeles importantes en una caja de seguridad.
2. han manejado un camión de mudanzas.
3. han comprado una camioneta recientemente.
4. han jugado en una cancha de tenis.
5. han visitado las Cataratas del Niágara.
6. estacionaron su coche en la zona de estacionamiento.
7. usan joyas de fantasía.
8. han participado en juegos de azar.
9. han lavado su ropa en una lavandería últimamente.
10. tuvieron que consultar a un otorrinolaringólogo el año pasado.
11. han tenido que pagar peaje.
12. tienen un plano de la ciudad en su casa o en su coche.
13. han estado en una jungla.
14. se depilan las cejas.
15. se marean cuando viajan en avión.
16. prefieren viajar en el asiento trasero de un coche.

Actividad 10: Para conocernos mejor

En parejas, háganse las siguientes preguntas.

1. En tu opinión, ¿qué ventajas tiene el transporte colectivo? ¿Qué desventajas tiene?
2. ¿Prefieres tener tu propio coche? ¿Por qué?
3. ¿Has tenido una motocicleta alguna vez?
4. En tu opinión, ¿es mejor construir más carreteras y autopistas o mejorar el sistema de trenes? ¿Por qué?
5. ¿Alguna vez has tenido que pagar peaje para usar la autopista?
6. ¿Prefieres conducir un coche americano o un coche extranjero? ¿Por qué?
7. Cuando viajas en coche, ¿prefieres sentarte en el asiento delantero o en el asiento trasero?
8. ¿Siempre usas el paso de peatones para cruzar la calle? ¿Por qué?
9. ¿Cuál crees tú que debe ser la edad mínima para manejar? ¿Por qué?
10. ¿Has chocado alguna vez?
11. ¿Has manejado alguna vez un camión de mudanzas? ¿Crees que es fácil o difícil hacerlo?
12. ¿Cuáles crees que son las causas de muchos accidentes?
13. ¿Prefieres manejar una camioneta o un coche compacto? ¿Por qué?
14. Cuando haces un viaje largo en coche, ¿te mareas?
15. ¿Te gustan los juegos de azar? ¿Por qué o por qué no?
16. ¿Te has hospedado alguna vez en un hotel de cinco estrellas?
17. Cuando te hospedas en un hotel, ¿usas los servicios de lavandería o de tintorería?
18. En los hoteles donde te hospedas, ¿tienen cuidado de niños?
19. Con un plano de la ciudad, ¿puedes llegar a cualquier parte?
20. ¿Cuál es tu flor favorita? ¿Prefieres que te regalen una orquídea, un ramo de rosas o un ramo de margaritas? ¿Te gustan más las calas o los gladiolos?

Dichos y refranes

Lee los siguientes diálogos en voz alta con un(a) compañero(a). Traten de averiguar el significado de los dichos en cursiva y de determinar si tienen equivalente en inglés.

1. —El coche que yo tenía no era perfecto, pero funcionaba bien. El que tengo ahora tiene un montón de problemas.
   —Es que, como dicen, *más vale lo malo conocido que lo bueno por conocer.*

2. —No pude asistir a la universidad cuando era más joven, y ahora que tengo treinta años, voy a empezar a tomar clases...
   —Bueno, *más vale tarde que nunca.*

3. —Carlos salió para San José muy temprano.
—Sí, pero nosotros llegamos a la misma hora que él.
—Lo cual prueba que *no van lejos los de adelante si los de atrás corren bien.*

Y ahora... ¡escucha!

Vas a escuchar un mensaje que Amalia le dejó a su hermana Sofía en la máquina contestadora (*answering machine*). Lee lo siguiente antes de escucharlo. Al escuchar el mensaje, presta atención y trata de anotar los datos más importantes. Si no entiendes algo, escucha otra vez.

Nombre de la hermana de Amalia: ______________________
Lugar donde Amalia dejó la camioneta: ______________________
Cerca de ______________________
Flores que compró para su mamá: ______________________
En la peluquería, su mamá quiere que le ______________________ el pelo y le ______________________ las cejas.
Persona cuyo coche va a usar Amalia: ______________________
Lugar donde está el vestido de Amalia: ______________________
Color del vestido: ______________________
Médico a cuyo consultorio fue Pedro: ______________________
Razón: dolor de ______________________
Persona que va a tener una boda: ______________________
Cómo marchan los planes para la boda: ______________________
Hora en que comienza la fiesta de Rosa: ______________________

LECCIÓN 7

¡Buen provecho!

Cuatro amigos conversan mientras beben algo.

TEMAS

¿Dónde vamos a comer?

¿Adónde vamos para celebrar?

Una receta

En un restaurante

Antes de conversar

Vocabulario clave

Nombres

el ala wing (*fem.*)
la albóndiga meatball
el atún tuna
el bacalao cod
la batata, el boniato sweet potato, yam
la berenjena eggplant
el bizcocho biscuit
la cacerola saucepan, pan
la calabaza pumpkin
los calamares squid
el cangrejo crab
las cerezas cherries
la ciruela pasa prune
el cordero lamb
los fideos noodles
el fondo bottom
el guisado stew
la harina flour
el huevo duro hard-boiled egg
el huevo pasado por agua soft-boiled egg
los huevos revueltos scrambled eggs
el lado side
el lechón pork
el maíz corn
el maní, cacahuate peanut
la merienda afternoon snack
la mermelada jam
la mostaza mustard
el muslo leg, thigh
la nuez nut
la olla pot
la ostra oyster
las papitas potato chips
el pastel pie
el pato duck
el pepino cucumber
el presupuesto budget
el pulpo octopus
el queso rallado shredded cheese
la rodaja slice
los tallarines spaghetti
el tazón bowl
la uva pasa raisin

Verbos

ajustarse to adjust oneself
avisar to let know
bajar to lower
batir to beat
mezclar to mix
pegarse to stick
revolver (o → ue) to stir
voltear to turn over

Adjetivos

asado(a) roasted, barbecued
bienvenido(a) welcome
casero(a) homemade
distinto(a) different
picante spicy
preferido(a) favorite
seco(a) dried, dry

Otras palabras y expresiones

a gusto to taste
alrededor (de) around
bien picado(a) finely chopped
en otra parte, en otro lado somewhere else
encima on top
hacia toward
importarle a uno(a) to matter to one
Yo invito. My treat.

Palabras y más palabras

Encuentra en la columna B las respuestas a las preguntas de la columna A.

A

1. ¿Te gusta el ala del pollo?
2. ¿Quieres un sándwich de atún?
3. ¿Hiciste un pastel de cerezas?
4. ¿Necesitas una olla o una sartén?
5. ¿Comes huevos duros o pasados por agua?
6. ¿Tu tía preferida tiene mucho dinero?
7. ¿Vas a comer una rodaja de pan?
8. ¿Quieres tortillas de maíz o de harina?
9. ¿Qué frutas secas te gustan? ¿Las uvas pasas?
10. ¿Has comido calamares o pulpo?
11. ¿Qué pediste? ¿Guisado o berenjenas en salsa?
12. ¿Para qué quieres el queso rallado?
13. ¿Vienen sin avisarte?
14. ¿Ellos vivirán aquí?
15. ¿Quieres que bata los huevos?
16. ¿El arroz se pegó al fondo de la olla?
17. ¿Comieron bizcochos con el té?
18. ¿Qué le agregaste a la ensalada?
19. ¿Prefieres cordero, lechón asado o pato?
20. ¿Qué le pusiste al perro caliente?
21. ¿Cuánta sal le pongo?
22. ¿Qué mariscos te gustan?
23. ¿Qué pidieron ustedes?
24. ¿Tú vas a revolver los tallarines?
25. ¿Dónde están sentados?
26. ¿Quieres que yo pague la cuenta?

B

a. Sí, con mantequilla de maní y mermelada.
b. Sí, porque me olvidé de bajar la temperatura.
c. No, las ciruelas pasas.
d. A gusto.
e. Un pepino y cebolla bien picada.
f. Sí, pero no me importa. Son siempre bienvenidos.
g. Sí, y después mézclalos con las papas.
h. Las ostras y el cangrejo.
i. Quiero tortilla española.
j. No, yo invito.
k. Sí, y también nueces y frutas. Fue una merienda excelente.
l. Yo pedí bacalao y Eva pidió albóndigas.
m. Necesito una cacerola para cocinar la batata.
n. Mostaza.
o. Ninguno de los tres.
p. Revueltos y muy picantes.
q. Sí, y voy a voltear la tortilla.
r. No, prefiero el muslo.
s. Alrededor de la mesa, comiendo pan casero.
t. No, pedí un tazón de sopa de pollo y fideos.
u. No, de calabaza.
v. No, en otra parte, en una ciudad distinta.
w. Sí, con papitas, por favor.
x. Para ponérselo a los tallarines.
y. No, nunca.
z. No, tiene que ajustarse a un presupuesto, como yo.

En grupos

Actividad 1: ¿Dónde vamos a comer?

Paso 1

¿Dónde se reúnen Uds. con sus amigos(as)? En grupos de tres, contesten las siguientes preguntas.

1. ¿Salen Uds. frecuentemente con sus amigos(as) a comer en un restaurante o a tomar algo? Por lo general, ¿van por la tarde o por la noche?
2. ¿Con quién(es) van Uds. más frecuentemente?
3. ¿Qué tipo de comida piden generalmente?
4. ¿Van Uds. "a la americana"[1]? Si no, ¿quién paga la cuenta por lo general?

Paso 2

Identifiquen los lugares adonde irían y los lugares adonde *no* irían en los siguientes momentos. En cada caso, expliquen el por qué de su elección. ¿Cuáles son las ventajas y desventajas de los diferentes sitios?

	Iríamos	No iríamos
1. Para una cena romántica	______	______
2. Para tomar algo	______	______
3. Cuando tienen hambre pero no tienen mucho tiempo	______	______
4. Cuando quieren comer fuera pero no tienen mucho dinero	______	______
5. Para desayunar	______	______
6. Para encontrarse con sus amigos	______	______
7. Cuando tienen ganas de comer comida extranjera	______	______

[1] "A la americana" se usa en los países de habla hispana para indicar que cada uno paga lo suyo.

Actividad 2: ¿Adónde vamos para celebrar...?

Paso 1

En parejas, lean el anuncio y contesten las siguientes preguntas.

1. ¿Cómo se llama el café?
2. ¿Dónde está?
3. ¿Qué está incluido en el precio del *brunch*?
4. ¿A qué teléfono deben llamar Uds. para hacer las reservaciones?
5. ¿Cuánto van a pagar Uds. si van con una niña de ocho años?
6. ¿Por qué es este domingo un buen día para invitar a su novio(a)? ¿Qué tiene esta fecha de especial?
7. ¿Qué estilo de música creen Uds. que van a oír durante el *brunch*? ¿Por qué?
8. ¿Se puede ir al *brunch* cualquier día de la semana? ¿Por qué o por qué no?

9. ¿Qué opinan Uds. de ir a un *brunch*? ¿Les parece una buena idea? ¿Por qué o por qué no? ¿Qué ventajas y desventajas tiene ir a un *brunch*?
10. ¿Cómo celebran Uds. algunas ocasiones especiales? ¿Adónde van con la familia? ¿Y con su pareja o con sus amigos?

Paso 2

Ahora digan adónde van Uds. y qué comen en las siguientes ocasiones. ¿Comen con su familia, su novio(a) o sus amigos? ¿Comen en su casa o en un restaurante? ¿Qué diferencia hay entre lo que comen en su casa y lo que generalmente piden en los restaurantes?

1. un día cualquiera de la semana cuando tienen que trabajar
2. los fines de semana
3. en las reuniones familiares
4. el Día de la Navidad
5. el Día de la Independencia
6. otros días festivos

¿Cuáles de las comidas que Uds. han mencionado son típicamente norteamericanas y cuáles son de otros países? (¿De qué países?)

Actividad 3: Una receta

Paso 1

En parejas, túrnense para leer lo siguiente sobre cómo preparar una tortilla española.

TORTILLA ESPAÑOLA

Además de las tortillas de harina y de maíz, existe otro tipo de tortilla, que es originalmente de España, pero que también se come en la mayoría de los países latinoamericanos. Aquí está la receta:

Ingredientes:

3 huevos
4 papas grandes
3/4 de taza de aceite
Sal a gusto

Pasos:

1. Pele las papas.
2. Córtelas en pequeñas rodajas y fríalas en aceite caliente.
3. Revuélvalas para que no se peguen al fondo de la sartén.
4. En un tazón grande, bata los huevos, agregue la sal y téngalo listo.

5. Cuando las papas estén cocinadas, quite parte del aceite de la sartén y deje un poco menos de la mitad del aceite para hacer la tortilla.
6. Baje la temperatura.
7. En el tazón, mezcle las papas con los huevos y póngalo todo en la sartén, dorando primero un lado por unos dos minutos.
8. Ponga un plato encima de la tortilla, voltéela hacia el otro lado y vuelva a ponerla en la sartén.
9. Cocine el otro lado por dos minutos.

La tortilla es para cuatro personas.

Nota: Se puede agregar cebolla bien picada, un diente de ajo picado o jamón bien picado.

Paso 2

Ahora túrnense para hacer preguntas sobre cómo preparar una tortilla española. Túrnense también para contestar cada pregunta. Incluyan los ingredientes, los pasos que se deben seguir, etc. Digan también si piensan preparar la tortilla o no y por qué.

Actividad 4: En un restaurante

La clase se convierte en un restaurante. Los estudiantes se dividirán en clientes y camareros. Habrá parejas, grupos de tres y de cuatro. Algunos van a desayunar, otros van a almorzar y otros van a cenar. Todos los clientes pedirán algo para comer y beber. Luego uno de cada grupo, después de decir "Yo invito", pedirá la cuenta y dirá cómo la va a pagar.

MENÚ

DESAYUNO

Huevos fritos o revueltos con tocino, con jamón o con chorizo	$ 280
Panqueques	$ 160
Frutas de la estación	$ 185
Café con leche o chocolate caliente con pan francés y mantequilla o pan tostado con mantequilla y mermelada	$ 110
Té con leche con bizcochos	$ 100

Bebidas

Jugo de naranja - Jugo de manzana - Jugo de uvas - Leche fría	$ 75

ALMUERZO

Sándwiches de atún, de pollo o de jamón y queso con papas fritas	$ 300
Ensalada mixta con pan casero	$ 140
Sopa de fideos, de pollo o de verduras	$ 90
Hamburguesa con papas fritas	$ 190
Perro caliente con papitas	$ 110
Pollo frito con puré de papas	$ 350
Pescado frito con ensalada de papas	$ 380

CENA

Todos los platos se sirven con ensalada mixta y la sopa del dia

Carnes

Albóndigas con puré de papas	$ 580
Carne asada con papa al horno	$ 600
Bistec con arroz	$ 760
Cordero con papa al horno	$ 680
Lechón asado con puré de papas	$ 590
Pato a la naranja con arroz	$ 690
Guisado de carne con papas	$ 550

Pescados y mariscos

Langosta con papa al horno	$ 850
Camarones con pasta	$ 710
Salmón con arroz	$ 740
Cangrejo con arroz	$ 690
Bacalao con garbanzos	$ 590

Postres

Arroz con leche	$ 250
Flan con crema	$ 380
Helado	$ 180
Torta al ron	$ 390
Torta helada	$ 360

Bebidas

Vino blanco, tinto o rosado	$ 560
Cerveza importada	$ 240
Champán	$ 680
Agua mineral	$ 70
Café	$ 80
Té	$ 70

Ahora cada grupo tendrá la oportunidad de comer las dos comidas que no comieron antes. Otros “pagarán” la cuenta.

Actividad 5: ¿Qué pasa aquí?

En grupos de tres o cuatro, usen su imaginación y la foto que aparece aquí para hablar de lo siguiente.

1. ¿Quiénes son estas personas? ¿Qué relación existe entre ellas?
2. ¿Qué va a pedir cada una? ¿Qué comidas no les gustan?
3. ¿Quiénes tienen mucho dinero y quiénes tienen que ajustarse a un presupuesto?
4. ¿Qué planes tienen para más tarde?
5. ¿Cómo se siente cada una de estas personas? ¿Preferirían estar en otra parte? ¿con otra persona?

Actividad 6: Una encuesta

Entrevista a tus compañeros de clase para tratar de identificar a las personas que...

1. saben preparar albóndigas.
2. han comido bacalao.
3. han comido berenjena.
4. comen pastel de calabaza a veces.
5. comen ciruelas pasas a veces.
6. comieron huevos revueltos ayer.
7. comieron un sándwich de mantequilla de maní ayer.
8. le ponen mostaza a la carne.
9. le ponen pepino a la ensalada.

10. le ponen mucho queso rallado a los tallarines.
11. comieron un tazón de cereal esta mañana.
12. llaman a sus padres para avisarles si van a llegar tarde.
13. saben hacer pan casero.
14. comen alas de pollo a veces.
15. le ponen mantequilla y mermelada al pan.
16. han comido ostras o calamares.

Actividad 7: Para conocernos mejor

Para hablar de lo que uno quiere comer o beber:

Tengo ganas de...	I feel like . . .
Siento deseos de...	I want to . . .
Me muero por...	I'm dying to . . .
Se me hace agua la boca cuando pienso en...	My mouth waters when I think about . . .

Usa estas expresiones apropiadamente al contestar las siguientes preguntas.

1. ¿Has comido ostras, pulpo o calamares alguna vez?
2. ¿Has comido cordero alguna vez?
3. ¿Comes batata a veces? ¿Con qué?
4. ¿Le pones apio o pepino a una ensalada mixta?
5. Cuando comes pollo, ¿prefieres el ala, la pechuga o el muslo?
6. ¿Qué te gusta beber cuando comes tallarines? ¿Les pones mucho queso rallado a los tallarines?
7. ¿Prefieres comer comida italiana, mexicana o china? ¿Qué tienes ganas de comer en este momento?
8. ¿Te gusta probar cosas que nunca has comido antes o siempre comes más o menos lo mismo?
9. ¿Te gustaría aprender a cocinar platos de otros países? ¿Por qué o por qué no?
10. ¿Te gustaría comer tortilla española? ¿Te gustaría prepararla?
11. ¿Prefieres la comida muy picante? ¿Le pones pimienta a la ensalada?
12. ¿Tienes todas las ollas, cacerolas y sartenes necesarias para preparar distintos tipos de comida?
13. ¿Prefieres comer huevos fritos, revueltos, duros o pasados por agua? ¿Prefieres comer jamón, tocino o chorizo?
14. Si comes un perro caliente, ¿le pones mostaza? ¿Prefieres comer papas fritas o papitas con un perro caliente?
15. ¿Qué te gusta beber en el desayuno?
16. En muchos países se toma la merienda a eso de las cuatro de la tarde. ¿Te gustaría hacer eso? ¿Por qué o por qué no?
17. ¿Comes frutas secas a veces? ¿Prefieres las ciruelas pasas o las uvas pasas?
18. ¿Te gustan las nueces? ¿Te gusta la mantequilla de maní?
19. ¿Cuál es tu postre preferido?
20. ¿Te gusta más el pastel de cerezas o el pastel de calabaza?

Dichos y refranes

Lee los siguientes diálogos en voz alta con un(a) compañero(a). Traten de averiguar el significado de los dichos en cursiva y de determinar si tienen equivalentes en inglés.

1. —Eva siempre dice lo que piensa, y si tiene que criticar a alguien, lo hace.
   —Ah, sí. Ella es de los que llaman *al pan, pan y al vino, vino.*
2. —Pedro come todo el tiempo, aunque no tenga hambre.
   —Es que no ha aprendido que *hay que comer para vivir, no vivir para comer.*
3. —Carlos es un buen muchacho, pero a veces es un poco obstinado.
   —Bueno... *Nadie es perfecto...*

Y ahora... ¡escucha!

Vas a escuchar información sobre lo que hacen Eva y Luis esta noche. Lee lo siguiente antes de escucharla. Al escuchar la información, presta atención y trata de anotar los datos más importantes. Si no entiendes algo, escucha otra vez.

1. Nombre del restaurante: ______________________
2. La forma de pagar es ______________________
3. La persona que tiene que ajustarse a un presupuesto es ______________________
4. El pedido de Eva: ______________________
5. El pedido de Luis: ______________________
6. La bebida que pide Eva: ______________________
7. La bebida que pide Luis: ______________________
8. Las personas que comen postre: ______________________
9. Las entradas de cine son ______________________
10. Forma en que Eva se comunicará con sus padres: ______________________
11. Hora en que Eva y Luis irán de visita: ______________________

LECCIÓN 8

¿Qué pasa en nuestras ciudades?

Tomando el ómnibus para ir a trabajar.

TEMAS

- El reciclaje y la protección del medio ambiente
- Cómo reclutar voluntarios
- Proyectos cívicos
- Cómo protegerse en la ciudad

Antes de conversar

Vocabulario clave

Nombres

el (la) agente de policía police officer
el aumento increase
la basura garbage
la cerradura lock
el delito, crimen crime
el desecho de patio yard waste
la droga drug
la entrega delivery
el envase container
el estaño tin
el felpudo mat
el grifo faucet
el (la) ladrón(-ona) thief, burglar
la limpieza cleaning
la maceta planter
la medida measure
el medio ambiente environment
la pandilla gang
la pena de muerte, pena capital death penalty
la propuesta proposal
el pulverizador aerosol spray (*can*)
el reciclaje recycling
la regla rule
el robo robbery, burglary
la sugerencia suggestion
el (la) testigo witness
el (la) vecino(a) neighbor
el vecindario neighborhood
el vidrio glass
el (la) voluntario(a) volunteer

Verbos

acostumbrarse (a) to get used to
animar to encourage
apagar to turn off
asaltar to assault, to mug
atraer to attract
botar, tirar to throw away
colocar to place
comprobar (o → ue) to verify
detener to stop
dirigirse (a) to go (to)
diseñar to design
evitar to avoid
fabricar to make
forzar (o → ue) to force
matar to kill
merecer (yo merezco) to deserve
patrocinar to sponsor
prender, encender (e → ie) to turn on
proteger to protect
realizar to do
reciclar to recycle
recoger to pick up
robar to steal, to rob, to burglarize
secuestrar to kidnap
señalar to indicate
unirse to join
violar to rape

Adjetivos

ambiental environmental
convincente convincing
encendido(a), prendido(a) on (i.e., *a light*)
peligroso(a) dangerous
prevenido(a) prepared, forewarned
sospechoso(a) suspicious

Otras palabras y expresiones

a mano armada armed
a todas partes, a todos lados everywhere
afuera outside
bajo under

cerrar con llave to lock
ir caminando, ir a pie to walk, to go on foot
suspender la entrega de la correspondencia to stop the mail
todo lo posible everything possible
tomar rehenes to take hostages
ya no no longer

Palabras y más palabras

A. Encuentra en la colunma B las respuestas a las preguntas de la columna A.

A	B
1. ¿Cómo entraron los ladrones?	a. Sí, y tomaron rehenes.
2. ¿Él mató a su esposa?	b. Sí, y la arrestaron en seguida.
3. ¿Dónde pusiste la llave?	c. De vidrio.
4. ¿Él vio lo que pasó?	d. No, fuimos a pie.
5. ¿De qué es la botella?	e. Sí, pero ya no vive allí.
6. ¿No se puede nadar en ese lugar?	f. No, yo las apagué.
7. ¿La puerta está abierta?	g. Afuera.
8. ¿Fuiste a la casa de Eva?	h. Los tiré.
9. ¿Robaron el banco?	i. Sí, él es uno de los testigos.
10. ¿Qué delito cometieron?	j. Porque vi algo sospechoso en la casa de mi vecino.
11. ¿Detuvieron a la ladrona?	k. Sí, porque me voy por un mes.
12. ¿Dónde está la basura?	l. Bajo el felpudo.
13. ¿Te pidió consejo?	m. Trató de proteger a los niños.
14. ¿Las luces están encendidas?	n. Sí, a todas partes.
15. ¿Por qué llamaste a la policía?	o. Forzaron la cerradura.
16. ¿Qué hiciste con los papeles?	p. Sí, hice todo lo posible por él.
17. ¿Fueron en coche?	q. No, es muy peligroso.
18. ¿Ellos viajan con ustedes?	r. Nos asaltaron.
19. ¿Suspendiste la entrega de la correspondencia?	s. Robo a mano armada.
20. ¿Lo ayudaste?	t. Sí, y le dieron la pena de muerte.
21. ¿Qué les pasó a ustedes?	u. Sí, y le di algunas sugerencias.
22. ¿Qué hizo el agente de policía?	v. No, la cerré con llave.

B. Completa las siguientes oraciones, con vocabulario de la **Lección 8.**

1. No veo nada. Voy a ______________ la luz.
2. La historia de Eva no es muy ______________. Nadie le cree.
3. Dicen que hombre ______________ vale por dos.
4. Habló de los problemas ______________, como la polución del aire y de las aguas.
5. Yo trato de ______________ el papel, los envases de vidrio, etc. El reciclaje es muy importante.
6. El hijo de mi vecina se unió a una ______________ y ella está muy preocupada.
7. Cuando comprobaron que él había ______________ a la mujer, lo arrestaron.
8. Ayer recogieron los ______________ de patio.
9. Yo ______________ que me ayuden, porque yo siempre ayudo a los demás.
10. No usemos pulverizadores. Debemos proteger el ______________ ambiente.
11. La directora les habló a los niños sobre las ______________ de la escuela.
12. Tengo una ______________ para ustedes. ¿Por qué no trabajamos de voluntarios en el vecindario?
13. Nunca dejo abierto el ______________ mientras me cepillo los dientes.
14. Ha habido un ______________ en el uso de las drogas. Cada día hay más drogadictos.
15. Los niños tienen que ______________ a obedecer a sus padres.
16. Ella siempre nos ______________ para que estudiemos y tratemos de progresar.
17. Ellos tratan de ______________ a los mejores profesores a esa universidad, dándoles muchos incentivos.
18. Ayer ellos ______________ que iban a patrocinar a una organización de estudiantes.
19. Voy a hacer una ______________ general, porque mi casa está muy sucia.
20. Tengo una ______________ con flores cerca de la puerta; es de estaño.
21. Van a tomar ______________ para proteger a los niños que asisten a esa escuela.
22. La Cruz Roja ______________ una gran labor.
23. Ayer los miembros del comité se ______________ a la oficina del presidente de la compañía.
24. En esa factoría se ______________ productos muy buenos.
25. Los hombres que ______________ al hijo del millonario pidieron muchísimo dinero.
26. Para ______________ si tienes todos los nombres, debes colocarlos en orden alfabético.
27. Tenemos que ______________ que ellos nos vean, porque no se supone que estemos aquí.
28. Oscar de la Renta ______________ hermosos vestidos el año pasado.

En grupos

Actividad 1: ¿Eres parte del problema o de la solución?

Paso 1

¿Haces todo lo posible para ahorrar energía y proteger el medio ambiente? Para comprobarlo, completa el siguiente cuestionario antes de venir a clase.

Siempre	A veces	Nunca	
☐	☐	☐	1. Cada vez que me es posible, uso el transporte público.
☐	☐	☐	2. Me ofrezco a llevar a otras personas en mi coche para que ellos no usen el suyo[1].
☐	☐	☐	3. Mantengo mi coche en perfecto estado de funcionamiento[1].
☐	☐	☐	4. Si el lugar adonde me dirijo no está lejos, camino o voy en bicicleta.
☐	☐	☐	5. Apago las luces al salir de una habitación.
☐	☐	☐	6. No dejo el grifo del agua abierto mientras me cepillo los dientes.
☐	☐	☐	7. Lavo la ropa con agua fría.
☐	☐	☐	8. En invierno, mantengo el termostato de la calefacción en 68 grados.
☐	☐	☐	9. No pongo el aire acondicionado a menos que la temperatura pase de los 80 grados.
☐	☐	☐	10. Utilizo productos biodegradables.
☐	☐	☐	11. Reciclo periódicos.
☐	☐	☐	12. Reciclo botellas y otros objetos de vidrio.
☐	☐	☐	13. Reciclo los envases de plástico.
☐	☐	☐	14. Evito usar pulverizadores que contienen aerosol.
☐	☐	☐	15. Patrocino los negocios que fabrican productos que no contaminan el medio ambiente.

[1]Si no tienes coche propio, contesta según lo que harías si lo tuvieras.

Paso 2

En grupos de cuatro estudiantes, comparen sus respuestas. ¿Cuáles son las cosas que casi todos Uds. hacen? ¿Cuáles son las cosas que Uds. no hacen, que deberían hacer? ¿Qué pueden hacer para acostumbrarse a ahorrar energía y para proteger el medio ambiente? Hagan una lista.

Paso 3

El (La) profesor(a) escribirá las sugerencias de cada grupo en la pizarra. La clase escogerá diez de ellas y las colocará en orden de importancia.

Actividad 2: Una conferencia de prensa

Paso 1

Imagínense que en la universidad se está celebrando un congreso sobre los problemas ambientales que afectan a las ciudades, y que los organizadores han programado una conferencia de prensa para esta tarde. En grupos de tres estudiantes, preparen una lista de preguntas que les gustaría hacerles a los expertos del congreso sobre la posible eficacia de varias medidas para disminuir la polución del aire y de las aguas y para aumentar el reciclaje en las ciudades.

Sobre la polución del aire:

1. ¿Creen Uds. que es una buena idea limitar el número de coches en las ciudades?
2. ______________________________
3. ______________________________
4. ______________________________
5. ______________________________

Sobre la polución de las aguas:

1. ______________________________
2. ______________________________
3. ______________________________
4. ______________________________
5. ______________________________

Sobre el reciclaje:

1. ______________________________
2. ______________________________
3. ______________________________
4. ______________________________
5. ______________________________

Paso 2

Júntense con otro grupo para representar la conferencia de prensa. Túrnense para que todos hagan los papeles de periodistas y de expertos(as).

Actividad 3: La basura: ¿qué hacer con ella?

Paso 1

En parejas, lean el anuncio que aparece en la página 92 y contesten las siguientes preguntas.

1. ¿A qué se refiere el anuncio? ¿A quiénes está dirigido?
2. ¿Cuáles son los tres programas que se anuncian?
3. ¿A qué hora, dónde y en qué forma debe dejarse la basura?
4. ¿Qué va a recogerse la primera y la tercera semana de cada mes?
5. ¿Cuántas veces por semana se van a recoger los plásticos? ¿Qué otras cosas deben reciclar los residentes?
6. ¿Cómo pueden obtener los residentes más información sobre el programa?
7. ¿Creen Uds. que es importante el programa creado por la ciudad de Miami? ¿Por qué o por qué no?

Paso 2

Ahora imagínense que Uds. trabajan para la ciudad de Miami y que tienen la responsabilidad de contestar las llamadas de residentes que buscan información sobre los servicios de reciclaje. ¿Qué les dirían a las siguientes personas?

1. Los Sres. Hernández van a mudarse a una casa nueva y están botando muchas cosas en la basura. Necesitan una recogida especial.
2. El Sr. Ibarra, que reside en la Pequeña Habana, ha perdido su caja azul de reciclaje.
3. La Sra. Julián acaba de regresar a Miami después de un viaje de tres meses. Llama para quejarse porque hoy ha dejado la basura en el patio, como siempre, y no la han recogido.
4. Los Sres. Bejarano acaban de comprar un duplex. Quieren saber cuándo se recogen los desechos de patio.
5. La Srta. López vive en un apartamento. Quiere saber si debe seguir las mismas reglas de reciclaje que los que viven en una casa.

Paso 3

Ahora hablen del programa de reciclaje en su ciudad o pueblo. ¿Cómo funciona? ¿Puede mejorarse? Si no existe un programa de reciclaje donde Uds. viven, ¿cómo podría crearse uno? ¿Cuáles son las ventajas y desventajas de los programas de reciclaje?

THE CITY OF MIAMI
DADE CO., FLORIDA
AVISO
CITY OF MIAMI RECYCLES
CIUDAD DE MIAMI
TRES PROGRAMAS DE RECOGIDA AL FRENTE DE LAS RESIDENCIAS
1. RECOGIDA DE BASURA RESIDENCIAL
2. DESECHOS DE PATIO/JARDIN EN SEMANAS ALTERNAS
3. RECICLAJE RESIDENCIAL

1. RECOGIDA DE BASURA RESIDENCIAL: COMENZANDO EL 4 DE ABRIL EL PERSONAL DE RECOGIDA YA NO RECOGERA EN LOS PATIOS DE LAS CASAS. LA BASURA DEBERA SER ADECUADAMENTE ENPAQUETADA Y PUESTA AFUERA PARA LAS 6:30 A.M. EN LOS DOS DIAS SEÑALADOS DE CADA SEMANA. **USTED PUEDE SOLICITAR UNA RECOGIDA ESPECIAL LLAMANDO AL 575-5108.**

2. RECICLAJE DE DESECHOS DE PATIO/JARDIN EN SEMANAS ALTERNAS: A PARTIR DEL PASADO 1RO DE FEBRERO LOS DESECHOS LIMPIOS DE PATIO/JARDIN SON RECOGIDOS DE LAS RESIDENCIAS DE UNA FAMILIA Y DUPLEXES SOLAMENTE DURANTE LA **PRIMERA Y TERCERA SEMANA DE CADA MES** EN LOS DIAS REGULARMENTE SEÑALADOS. TODOS LOS OTROS DESECHOS SON RECOGIDOS EN LOS DIAS REGULARMENTE SEÑALADOS DURANTE LA **SEGUNDA Y CUARTA SEMANA DE CADA MES.**

3. RECICLAJE DE PLASTICOS/CRISTALES/ESTAÑO/ALUMINIO: TODOS LOS RESIDENTES DE CASAS/DUPLEXES DEBEN RECICLAR. UNA VEZ POR SEMANA, EN LOS DIAS SEÑALADOS, PONGAN LAS CAJAS AZULES DE RECICLAJE FRENTE A SUS RESIDENCIAS PARA LAS 7:00 A.M. Y SERAN RECOGIDAS POR LOS CAMIONES DE RECICLAJE DE LA S.E.A.

PARA MAYOR INFORMACION ACERCA DE ESTOS NUEVOS PROGRAMAS LLAME AL 575-5108 O AL CENTRO DE SERVICIO NET DE SU VECINDARIO.

Allapattah 575-5128 **Coconut Grove** 579-6018 **Coral Way** 859-2701 **Downtown** 579-6007 **Flagami** 461-7051 **Pequeña Haiti** 795-2337 **Pequeña Habana** 643-7164 **Model City** 795-2303 **Overtown** 372-4550 **Upper East Side** 795-2330 **Wynwood/Edgewater** 579-6931

Actividad 4: La asociación de vecinos

Paso 1

En grupos de tres estudiantes, representen una escena entre tres miembros de una asociación de vecinos que tienen opiniones muy diferentes sobre lo que debe ser la primera prioridad del grupo. Cada uno(a) de Uds. debe defender la posición del personaje que representa y discutir por qué su propuesta es mejor que las otras.

CARLOS (CARLOTA) Quiere organizar un comité de vecinos para la vigilancia del barrio. Tiene muchas ideas sobre cómo convencer a los vecinos de las ventajas del programa, la ayuda que van a pedirle a la policía, etc.

DANIEL(A) Está a favor de organizar un programa dedicado a preparar actividades para los niños que no tienen supervisión de ningún adulto cuando llegan de la escuela. Ha sugerido una primera reunión para hablar de cómo entretener a los niños y decidir si van a ayudarlos con las tareas de la escuela, qué les van a dar de comer y de beber, dónde los van a reunir, etc.

MARIO (MARÍA) Cree que la mejor manera de unir a los vecinos es preparar una fiesta para todo el barrio con el fin de que los vecinos se conozcan mejor. Ya tiene una lista de detalles que hay que tener en cuenta: fecha y hora de la fiesta, tipo de comida y de bebida que se va a servir, juegos que se van a organizar, etc.

Paso 2

Los miembros de la asociación de vecinos han decidido realizar todas estas actividades. Formen diferentes comités para planear cada actividad en detalle.

Actividad 5: ¡Se necesitan voluntarios!

Paso 1

La universidad a la que Uds. asisten ha aceptado participar en un "día de ayuda a la comunidad", que se celebrará el último sábado del mes que viene. Ese día, voluntarios de toda la ciudad dedicarán ocho horas a trabajar en diferentes proyectos. Uds. están encargados de reclutar voluntarios entre el profesorado y los estudiantes y de determinar el trabajo que van a hacer. En grupos de cuatro estudiantes, hablen de lo siguiente. Anoten sus conclusiones para poder compartirlas con el resto de la clase.

1. Argumentos que van a utilizar para atraer voluntarios. ¿Cuáles serían más convincentes, y por qué?

____

____

____

____

____

2. Instituciones a las cuales les van a prestar ayuda. Decidan por qué merecen una ayuda especial.

____
____
____
____
____

3. Tipos de trabajo que los voluntarios deben hacer. ¿Existen proyectos adecuados para profesores y para estudiantes? ¿Cuáles son, y por qué son apropiados?

____
____
____
____
____

4. ¿Cómo van a organizar el día de trabajo? Decidan la mejor forma de coordinar los horarios, los descansos para comer, los traslados de un lugar a otro y cómo asignar las diferentes responsabilidades.

____
____
____
____
____

Paso 2

Preparen un volante para anunciar el "Día de ayuda a la comunidad", dando información sobre el evento y animando a la gente para que participe.

Paso 3

Comparen su volante y sus ideas con las de los otros grupos. Decidan lo que la clase va a hacer con respecto a los cuatro puntos señalados, y qué volante(s) deben usar para promocionar el evento.

Actividad 6: ¡Hombre prevenido vale por dos!

Paso 1

Cada vez son más los crímenes que ocurren en nuestras ciudades. En grupos de tres estudiantes, hablen de cómo evitar convertirse en víctimas. ¿Qué medidas podría tomar una persona para evitar que le pasara lo siguiente?

1. que alguien le robara la billetera
2. que alguien entrara en su casa y le robara cosas
3. que alguien le robara el coche
4. que alguien lo (la) asaltara
5. que sus hijos se unieran a pandillas

Paso 2

Ahora hablen de los factores que, según Uds., han contribuido al aumento de la delincuencia. Analicen el papel de la familia, de las escuelas, de la sociedad y de la economía en este problema. Hablen también sobre el problema de las drogas.

Paso 3

Hagan una lista de diez cambios sociales o políticos que podrían contribuir a la disminución de la delincuencia. Después, compartan sus ideas con el resto de la clase.

1. ______________________
2. ______________________
3. ______________________
4. ______________________
5. ______________________
6. ______________________
7. ______________________
8. ______________________
9. ______________________
10. ______________________

Actividad 7: ¿Qué pasa aquí?

Mira el dibujo con un(a) compañero(a) y hablen de lo que está pasando en la calle. Usen su imaginación. ¿Quiénes son los residentes y qué hacen? ¿Qué aspectos de la vida urbana les gustan y cuáles no les gustan? ¿Cuáles son algunas cosas positivas y otras negativas que están pasando en este momento?

Actividad 8: En cooperación con la policía

Paso 1

En grupos de tres, túrnense para leer estos consejos que aparecen en un volante distribuido por los agentes de policía de una ciudad donde hay muchas personas de habla hispana.

Seguridad doméstica: Robos

¡Más de seis millones de robos residenciales ocurren en los Estados Unidos cada año: uno cada diez segundos!

Prevención: Cuando Ud. salga de su casa...

- siempre cierre con llave las puertas y ventanas. (En casi el 50% de los casos, los ladrones entran en las casas por puertas y ventanas abiertas.)
- nunca deje la llave donde se pueda encontrar fácilmente: bajo un felpudo, en una maceta de flores, etc.
- use un regulador de encendido para que las luces, el radio y el televisor se prendan y se apaguen automáticamente para dar la impresión de que alguien está en casa.
- en caso de viajes extensos, acuérdese de suspender la entrega de la correspondencia y de los periódicos o pídale a un(a) vecino(a) que los recoja.

Si Ud. llega a casa y ve indicaciones de que alguien ha forzado la cerradura de la puerta o de la ventana, no entre.
¡Llame a la policía enseguida!

¡Buenos vecinos!
Si ve algo sospechoso en la casa de un vecino, llame a la policía en seguida. Nunca trate de detener a un delincuente; puede ser peligroso. Recuerde: ¡Una comunidad que trabaja en cooperación con la policía es la mejor protección contra los delitos!

Paso 2

Ahora hablen de lo siguiente:

1. ¿Qué precauciones toman ustedes cuando van a estar fuera de su casa o cuando viajan?
2. ¿En qué circunstancias llamarían ustedes a la policía?
3. ¿Qué medidas tomarían ustedes si vieran algo sospechoso en la casa de un vecino? ¿Qué cosas estarían ustedes dispuestos(as) a hacer?

Actividad 9: Una encuesta

Entrevista a tus compañeros de clase para tratar de identificar a las personas que...

1. conocen a un agente de policía.
2. tienen una maceta en la cocina.
3. se preocupan por los problemas del medio ambiente.
4. conocen a alguien que pertenece a una pandilla.
5. creen en la pena de muerte.
6. han recibido una propuesta últimamente.
7. usan pulverizadores.
8. creen que el reciclaje es una buena idea.
9. conocen a muchos de sus vecinos.
10. viven en un vecindario antiguo.
11. siempre apagan las luces antes de salir de un cuarto.
12. van a todas partes en coche.
13. siempre cierran la puerta de su casa con llave.
14. van a algunos lugares a pie.
15. suspenden la entrega de correspondencia cuando van de viaje.
16. hacen todo lo posible por proteger el ambiente.

Actividad 10: Para conocernos mejor

En parejas, háganse las siguientes preguntas.

1. ¿Prefieres usar el transporte público o ir a todas partes en tu coche?
2. Si pudieras llevar a otras personas en tu coche, ¿lo harías?
3. Cuando vas a algún lugar que está cerca de tu casa, ¿vas caminando?
4. ¿Te gusta montar en bicicleta a veces?
5. Cuando sales, ¿dejas las luces de tu casa encendidas a veces?
6. ¿En qué temperatura tratas de mantener el termostato en invierno?
7. ¿Qué cosas reciclas?
8. ¿Qué medidas podemos tomar para disminuir la polución del aire?
9. ¿Tiene tu ciudad servicios de reciclaje?
10. Cuando haces una limpieza general, ¿tiras muchas cosas a la basura? ¿Qué haces con las cosas que ya no necesitas?

11. ¿Qué días tienen recogida de basura en tu barrio? ¿A qué hora vienen?
12. ¿Eres miembro de una asociación de vecinos?
13. ¿A qué edad crees tú que un niño puede estar en su casa sin la supervisión de un adulto?
14. ¿Qué puedes decirle a alguien para animarlo(a) a participar en un evento como voluntario?
15. ¿Sabes usar la computadora para diseñar volantes?
16. ¿Eres un hombre (una mujer) prevenido(a)?
17. ¿Has sido alguna vez víctima de un crimen?
18. ¿Qué puede hacer una persona para evitar que le roben la billetera?
19. ¿Había muchas pandillas en la escuela secundaria a la que tú asistías?
20. Últimamente, ¿la delincuencia ha aumentado o ha disminuido? ¿Y el problema de las drogas?

Dichos y refranes

Lee los siguientes diálogos en voz alta con un(a) compañero(a). Traten de averiguar el significado de los dichos en cursiva y de determinar si tienen equivalente en inglés.

1. —Leonardo siempre está amenazando a todo el mundo, pero nunca hace nada.
   —¡Ay, hija! *¡Perro que ladra no muerde!*

2. —Arturo abandonó a sus hijos cuando ellos eran pequeños. Ahora está viejo y solo y sus hijos no se ocupan de él.
   —Bueno... *¡El que la hace la paga!*

3. —Empezó a robar cuando tenía quince años y terminó asaltando un banco. Ahora está en la cárcel.
   —¡Bueno! *¡Quien mal anda, mal acaba!*

Y ahora… ¡escucha!

Vas a escuchar varias llamadas de emergencia que se hicieron a una estación de policía. Lee lo siguiente antes de escucharlas. Al escuchar las llamadas, presta atención y trata de anotar los datos más importantes. Si no entiendes algo, escucha otra vez.

Primera llamada

Número de personas en el apartamento: ______________________

Problema: Alguien está tratando de ______________________

Dirección: ______________________

Segunda llamada

Problema: ______________________

Lugar del accidente: ______________________

____

Vehículos involucrados: ______________________

Persona(s) herida(s): ______________________

Ayuda solicitada: ______________________

Tercera llamada

Nombre de la persona que llama: ______________________

Objetos que faltan: ______________________

Lugar donde está la víctima: ______________________

Dirección de la víctima: ______________________

Cuarta llamada

Problema: ______________________

Lugar: ______________________

Dirección: ______________________

Posible víctima: ______________________

Sospechosos: ______________________

Características del coche: ______________________

Últimas cifras (*digits*) de la chapa: ______________________

LECCIÓN 9

¡Luz, cámara, acción!

La famosa cantante cubana Gloria Estefan.

TEMAS

- El cine y la televisión
- La televisión de ayer y de hoy
- La programación
- Ventajas y desventajas de la televisión
- Críticos de cine
- ¿Qué título le ponemos?

Antes de conversar

Vocabulario clave

Nombres

la actuación acting
el anuncio comercial commercial
la banda sonora sound track
el canal (de televisión) (television) channel
la comedia comedy
el cómico, (la) comediante comedian
la confianza trust
el (la) crítico critic
el (la) culpable guilty person
los dibujos animados cartoons
el documental documentary
el (la) empresario(a) entrepreneur
el espectáculo show
el éxito success
la guía de espectáculos (de programación) T.V. guide
la habilidad skill
la letra letter (*a, b, c, etc.*)
el libreto script, screenplay
los medios de comunicación communications media
la pantalla screen
el papel role
la película movie, film
  —de acción action movie
  —de ciencia ficción science fiction movie
  —de guerra war movie
  —de misterio mystery movie
  —de suspenso thriller
  —del oeste western movie
el premio prize, award
el (la) presentador(a) host (*of a program*)
el (la) productor(a) producer
el programa program
  —de concursos game show
  —de entrevistas talk show
  —de reestreno rerun
  —de variedades variety show
  —piloto pilot program
la programación programming
la publicidad, propaganda advertising, publicity
el reparto (la distribución) de papeles casting
la rueda wheel
la serie series
el telediario T.V. news program
la telenovela soap opera
el (la) televidente T.V. viewer
la trama plot
la videograbadora videocassette recorder

Verbos

actuar to act
compartir to share
convertir(se) (e → ie) en to turn into
dirigir to direct
estrenar to show for the first time
filmar to film
iniciar to initiate
otorgar to award
producir to produce
proyectar to project
transmitir to broadcast

Adjetivos

asombroso(a) amazing, astonishing
convincente convincing
desconocido(a) unknown
inesperado(a) unexpected
perjudicial harmful

policíaco(a) related to crime or law enforcement

Otras palabras y expresiones

a causa de because of, on account of
dejar algo (mucho) que desear to leave something (a great deal) to be desired
más bien rather
no cabe duda there's no doubt
no me extrañaría it wouldn't surprise me
tener chispa to be witty
toda clase de all sorts of

Palabras y más palabras

A. Encuentra en la columna B las respuestas a las preguntas de la columna A.

A	B
1. ¿Ella es una actriz dramática?	a. El de Oprah.
2. ¿Viste la película *Bambi*?	b. No, fue totalmente inesperado.
3. ¿La película es buena?	c. "La rueda de la fortuna".
4. ¿Es un drama?	d. El dos.
5. ¿Quién tiene el papel principal?	e. No, es un actor desconocido.
6. ¿Cuál es tu programa de entrevistas favorito?	f. Sí, y tiene mucha chispa.
7. ¿Cuál es el programa de Pat Sajak?	g. El 8 de abril.
8. ¿Es famoso?	h. Que deja mucho que desear.
9. ¿Tú esperabas que eso sucediera?	i. No... no me extrañaría que la cancelaran.
10. ¿Puedes grabar el programa?	j. No, es una comedia.
11. ¿Qué canal va a transmitir el programa?	k. No, no me gustan los dibujos animados.
12. ¿Cuándo estrenan la película?	l. De concursos.
13. ¿Roberto es simpático?	m. No, del oeste.
14. ¿Él va a dirigir la película?	n. No, no le tengo confianza.
15. ¿La serie tiene éxito?	o. Julia Roberts.
16. ¿Qué piensas de él como presentador?	p. No, no me gustan las telenovelas.
17. ¿Qué tipo de programa es *Jeopardy*?	q. No, es comediante.
18. ¿Es una película de guerra?	r. No, no tengo videograbadora.
19. ¿Le vas a contar tu secreto a Eva?	s. Sí, y también la va a producir.
20. ¿Tú ves *Todos mis hijos*?	t. Sí, le otorgaron el primer premio.
21. ¿Dónde filmaron la película?	u. Sí, sobre Argentina.
22. ¿Es un documental?	v. En Utah.

B. Completa las siguientes oraciones, usando vocabulario de la **Lección 9.**

1. La ______ de Tom Hanks fue magnífica. ¡Es un actor de gran ______ artística!
2. Ella escribió el ______ para la nueva película.
3. Me gustan las películas de ______ ficción.
4. ¿Él es el director o el ______ de la película?

5. Le están haciendo mucha ______ a esa película. Están usando todos los ______ de comunicación para promocionarla.
6. ¿Quién está encargado del ______ de papeles?
7. Ella es más ______ egoísta. No le gusta ______ la gloria con nadie.
8. No ______ duda de que la programación de ese canal es mala. No tienen en cuenta los gustos de los ______.
9. Compré la ______ sonora de esa película.
10. Es una película de ______. Hasta el último momento no se sabe quién es el culpable.
11. Voy a prepararme un sándwich mientras tienen los anuncios ______.
12. Según los ______, la película es muy mala.
13. Me gusta mirar el ______ de las diez para enterarme de las noticias.
14. ¡Es ______ que él sepa actuar! ¡Tiene solamente tres años!
15. El programa de ______ tiene un poco de todo: baile, música, etc.
16. Él se ______ en un millonario de la noche a la mañana.
17. Es un programa ______. Van a mostrar solamente unos cinco o seis episodios.
18. *The Brady Bunch* es un programa de ______.
19. Vanna White es la que se encarga de mostrarnos las ______.
20. Tuvieron toda ______ de problemas. A ______ de eso no pudieron terminar la película.
21. Las películas de guerra generalmente son películas de ______.
22. Algunos programas policíacos son ______ para los niños. Es mejor que no los vean.
23. La trama de esa película no es ______. No creo que pueda convencer a nadie.
24. Tienen una ______ gigante en ese cine.
25. Fuimos a ver un gran ______ en Las Vegas.
26. Los empresarios van a ______ una campaña publicitaria.

En grupos

Actividad 1: Para hablar del cine y de la televisión

En grupos de cuatro, usen su nuevo vocabulario para conversar sobre el cine y la televisión. Háganse preguntas y comenten sobre lo siguiente.

1. los tipos de programas que prefieren y los que menos les gustan
2. lo que Uds. opinan sobre las telenovelas
3. los programas de dibujos animados —cuando eran niños(as) y ahora
4. varios presentadores de programas de entrevistas
5. sus actrices y actores favoritos
6. la publicidad en la televisión: ¿Cuáles son los mejores anuncios y cuáles son los peores?

7. si ven los programas donde se les otorgan premios a los actores, directores, películas, etc.
8. si le ponen atención a la opinión de los críticos sobre las películas que se estrenan

Actividad 2: ¿Quién soy yo?

La clase se dividirá en grupos de cuatro o cinco estudiantes. Cada grupo seleccionará una figura del mundo del cine o de la televisión y preparará una lista de oraciones que lo (la) describen. Cada grupo leerá sus descripciones para que el resto de la clase trate de adivinar la identidad de la persona.

MODELO: **¿Quién soy yo?**
Soy más bien bajo.
Soy muy cómico.
He actuado en cine y en televisión.
Hablo muy rápido y tengo mucha chispa.
En una película, hice el papel de profesor de literatura.
En la película *Aladino y la lámpara maravillosa* se escucha mi voz.
En una película, tuve que vestirme de mujer.
Hice el papel de un profesor que inventa una sustancia verde que cambia de forma.

Soy Robin Williams

Actividad 3: La televisión de ayer y de hoy

Paso 1

En grupos de tres estudiantes, lean las siguientes descripciones y traten de identificar el personaje que habla y el programa que describe.

1. Vivo en un apartamento con mi papá. Soy psiquiatra y tengo un programa de radio.
   ____
2. Soy un abogado famoso y mi hija es abogada también. Gano muchísimo dinero pero no me visto muy bien. Nunca pierdo un caso.
   ____
3. ¿Te gustaría cambiar tu vida radicalmente, ganando mucho dinero? En ese caso yo puedo ayudarte... Podría convertirte en un(a) millonario(a)...
   ____
4. Vivo en Nueva Inglaterra y soy escritora. Tengo una gran habilidad para investigar crímenes. ¡Siempre descubro al culpable!
   ____

5. Me gustan las letras, y veo muchas en el lugar donde trabajo. Forman palabras y frases... en la rueda de la fortuna...
   ____
6. Soy viudo y me casé con una viuda. Soy arquitecto. Mi esposa y yo tenemos seis hijos entre los dos y todos nos llevamos muy bien.
   ____
7. Soy cómico y mi vida es a veces una comedia. Mis amigos no son muy normales y tienen muchos problemas, especialmente Jorge.
   ____
8. Vivo con mis padres y mis hermanas Maggie y Lisa. Siempre tengo problemas en la escuela y mi papá trabaja en una planta nuclear.
   ____
9. Estoy casada con Chandler y mi hermano se llama Ross. Tenemos un grupo de amigos muy peculiar.
   ____
10. Mis padres viven muy cerca y siempre vienen a visitarnos. Mi hermano es policía y vive con ellos.
   ____

Paso 2

Ahora preparen descripciones de tres personajes de programas de televisión para que el resto de la clase trate de identificar el programa y el personaje.

1. ______________________________
   ____
   ____
2. ______________________________
   ____
   ____
3. ______________________________
   ____
   ____

Actividad 4: La programación del lunes

Paso 1

En grupos de tres estudiantes, representen los papeles del (de la) director(a) de una estación de televisión, el (la) jefe(a) de programación y el (la) director(a) de publicidad. Uds. tienen que decidir la programación para los lunes entre las cinco de la tarde y la medianoche. Tienen siete programas establecidos para esa noche, pero les falta (*you still must*) decidir la hora en que se presentará cada programa. Discutan los puntos a favor y los puntos en contra de transmitir los siguientes programas a diferentes horas de la noche. ¿Cómo pueden atraer el mayor número de espectadores?

1. un programa de variedades
2. un programa de entrevistas
3. una comedia con un actor desconocido
4. una serie policíaca
5. una telenovela
6. un programa de documentales
7. un telediario

Paso 2

Ahora escriban una breve descripción de la programación del lunes para la guía de espectáculos. Denle nombre a cada programa y descríbanlo.

Programación del lunes

17:00 ____
____
____

18:00 ____
____
____

19:00 ____
____
____

20:00 ____
____
____

21:00 ____
____
____

22:00 ____
____
____

23:00 ____
____
____

Actividad 5: ¿Nos suscribimos o no?

Paso 1

Tú y un(a) compañero(a) están pensando en la posibilidad de añadir (*add*) un canal especial a su servicio de cable. Estudien el siguiente anuncio y contesten las preguntas.

Si en su casa no se estrenó 365. Solicítelo hoy sin cargo a su cable.

365

Si su cable no emite Canal de Cine 365, llene este cupón de solicitud sin cargo y envíeselo. El cupón puede fotocopiarse para que también lo pidan sus familiares y amigos.

365

Me gustaría recibir la señal de Canal de Cine 365.

Nombre: ....

Dirección: ....

Código Postal: .... Localidad: ....

Via Satélite 12 horas diarias. Nuestra programación comienza a las 14:00 hs. con espacios de cine ATP hasta las 21:00 hs., después las mejores series y en el horario central, a partir de las 22:00 hs., nuestro prestigioso ciclo VIDEO CLUB, con las mejores películas editadas hasta hoy. Más de 1.300.000 personas ya lo disfrutan en todo el país.

Si usted es empresario de cable comuníquese con nosotros y recibirá nuestra señal: **Telesistemas S.A.** Avda. Córdoba 669 4° y 8° p. - (1054) Capital Federal Teléfonos: 311-4021 /4492 /1398 - 313-8171 /8183 312-9399 - Fax 313-7938

1. ¿Hay que pagar extra para iniciar el servicio del nuevo canal?
2. ¿Les conviene a Uds. el horario que tiene el Canal de Cine 365? ¿Por qué o por qué no?
3. ¿Cuáles serán las ventajas de suscribirse a este servicio?
4. ¿El anuncio les da suficiente información para determinar si quieren suscribirse? Expliquen su respuesta.
5. Si conocen a otras personas que quieren suscribirse a este canal, ¿qué pueden hacer Uds. para ayudarlos?

Paso 2

Ahora hablen sobre algunos programas que se transmiten por cable. ¿De qué tipo son? Hablen también de las ventajas y desventajas de la televisión por cable.

Actividad 6: La televisión: ¿ayuda o perjudica?

Paso 1

Mucho se ha dicho sobre la influencia de la televisión en el público. Algunos opinan que esa influencia es mayormente negativa, mientras que otros creen que es positiva. ¿Qué opinan Uds.? En grupos de cuatro estudiantes, hablen de los aspectos positivos y de los aspectos negativos de la televisión. Anoten sus ideas para poder compartirlas con el resto de la clase.

Aspectos positivos:

____

____

____

____

____

____

Aspectos negativos:

____

____

____

____

____

____

Paso 2

Ahora cada grupo escribirá su lista en la pizarra. Basándose en las listas, discutan con toda la clase el efecto de la televisión en sus vidas. Consideren lo que puede hacer el público para que haya mejores programas y para suprimir, o por lo menos disminuir, los que resultan perjudiciales (*harmful*), especialmente para los niños y los jóvenes.

Sugerencias para mejorar los programas:

____

____

____

____

____

____

Actividad 7: ¿Qué pasa aquí?

Paso 1

Ésta es una escena de una película. En parejas, tomen la foto como base y usen la imaginación para crear la trama de la película. Hablen sobre ella y sobre los personajes que aparecen aquí.

1. Título de la película

   ____

2. Tipo de película

   ____

3. Nombre y "biografía" de los personajes principales

   ____
   ____
   ____
   ____
   ____
   ____
   ____
   ____
   ____
   ____

4. ¿Qué pasa en la película?

___

___

___

___

___

___

___

___

___

___

Paso 2

Comparen lo que Uds. han creado con lo que han hecho los demás miembros de la clase. ¿Cuál de las películas creadas merecería un Óscar? ¡Voten!

Actividad 8: Críticos de cine

En parejas, representen a dos críticos(as) que tienen un programa de televisión semanal sobre el cine. Escojan dos películas que hayan visto últimamente y hagan una crítica de ellas. Comparen sus opiniones y discutan los puntos en que no están de acuerdo. Tengan en cuenta los siguientes aspectos de las películas.

1. la originalidad de la trama: ¿Es realmente nueva, o es algo que han visto cientos de veces?
2. la actuación de los actores y actrices: ¿Es convincente?
3. algunas escenas importantes: ¿Pasan cosas convencionales, asombrosas, inesperadas?
4. la cinematografía: ¿Es buena, o deja algo que desear?

Como sistema de valoración, pónganles estrellas a las películas, hasta un máximo de cuatro para una película muy buena. ¡Recuerden que, además de informar a los televidentes, tienen que entretenerlos!

Actividad 9: ¿Qué título le ponemos?

Paso 1

Las películas y los programas de televisión norteamericanos son muy populares en los países de habla hispana, donde muchas veces los presentan con títulos muy diferentes a los que tienen en inglés. Por ejemplo, la famosa película *Jaws* se llama *Tiburón* (*shark*) en español. La clásica *Gone with the Wind* se llama *Lo que el viento se llevó* y el nombre que le dan a la comedia *The Paper* es aún más diferente: *Detrás de la noticia*. Este título está basado en la trama.

Teniendo en cuenta todo esto, reúnete con dos o tres compañeros(as) para tratar de darles títulos en español a diez películas o programas de televisión.

1. ____________________
2. ____________________
3. ____________________
4. ____________________
5. ____________________
6. ____________________
7. ____________________
8. ____________________
9. ____________________
10. ____________________

Paso 2

Léanle sus títulos al resto de la clase para que trate de adivinar cuáles son las películas o los programas que Uds. eligieron. ¿Algunos grupos escogieron las mismas películas o los mismos programas? ¿Les dieron los mismos nombres en español o nombres muy diferentes?

Actividad 10: Para conocernos mejor

En parejas, háganse las siguientes preguntas.

1. ¿Tú prefieres los programas de entrevistas o los programas de variedades? ¿Por qué?
2. ¿Quién crees tú que es el mejor presentador de televisión? ¿Y la mejor presentadora? ¿Quién no te gusta?
3. Si tú pudieras suprimir un programa de televisión, ¿cuál suprimirías? ¿Por qué?
4. De los telediarios, ¿cuál te parece el mejor? ¿Por qué?
5. ¿Hay alguien en tu familia que sea adicto(a) a las telenovelas? ¿Quién?
6. ¿Tú tienes servicio de cable? ¿Qué ventajas tiene?
7. ¿Qué anuncios comerciales crees tú que son más convincentes: los que aparecen en los periódicos o los que se presentan en televisión? ¿Por qué?
8. ¿Veías muchos dibujos animados cuando eras niño(a)? ¿Cuál era tu personaje favorito?
9. ¿Tú crees que mirar mucha televisión es perjudicial para los niños? ¿Por qué?
10. Cuando vas al cine, ¿prefieres ver una comedia o un drama? ¿Por qué?
11. Últimamente, ¿has visto alguna película que te haya gustado mucho? ¿Cuál? ¿La volverías a ver?
12. ¿Has comprado la banda sonora de alguna película que te haya gustado? ¿De cuál?
13. ¿Tú siempre estás de acuerdo con lo que dicen los críticos de las películas? ¿Quién crees tú que es el (la) mejor crítico(a)?
14. ¿A qué actor o actriz le otorgarías tú un Óscar? ¿Por qué?
15. ¿Tú te casarías con un actor (una actriz) de televisión o de cine? ¿Por qué?

16. ¿Preferirías ir a ver una película de acción, de ciencia ficción, de guerra, de misterio o del oeste? ¿O preferirías ver una comedia romántica?
17. ¿Sueñas con participar en un programa de concursos? ¿En cuál? ¿Por qué?
18. ¿Vuelves a ver algunas películas que te han gustado?
19. ¿Miras algunos programas de reestreno en televisión? ¿Por qué o por qué no?
20. ¿Te gustaría más actuar en una película, producirla o dirigirla? ¿Por qué?

Actividad 11: Una encuesta

Entrevista a tus compañeros de clase para tratar de identificar a las personas que...

1. compraron la banda sonora de una película.
2. veían dibujos animados cuando eran chicos.
3. han tenido el papel principal en una obra teatral.
4. prefieren las películas de ciencia ficción.
5. prefieren las películas de suspenso.
6. participarían en un programa de concursos.
7. miran programas de entrevistas a veces.
8. miran programas de reestreno a veces.
9. miran el programa "La rueda de la fortuna" a veces.
10. miran el telediario de las diez.
11. tuvieron una visita inesperada la semana pasada.
12. tienen chispa.
13. tienen toda clase de recetas en la cocina.
14. podrían escribir el libreto para una película.
15. han visto una película de guerra últimamente.
16. tuvieron una experiencia asombrosa el año pasado.

Dichos y refranes

Lee los siguientes diálogos en voz alta con un(a) compañero(a). Traten de averiguar el significado de los dichos en cursiva y de determinar si tienen equivalente en inglés.

1. —Las dos primeras películas de ese director tuvieron mucho éxito, pero las que ha hecho últimamente no valen mucho.
   —Sin embargo, la gente va a verlas.
   —Es que es cierto lo que dice el refrán: *Hazte de fama y échate a dormir.*

2. —Miguel Ángel Vargas ganó el premio como el mejor actor, ¿no?
   —Sí, y los que antes no quisieron darle un contrato, ahora lo lamentan.
   —Él, por supuesto, está contentísimo.
   —Bien dicen que *el que ríe último, ríe mejor.*

3. —¡Pobre Arturo! Últimamente todo le va mal.
   —Sí, pero él nunca se queja. Siempre tiene una sonrisa en los labios.
   —Es que él cree que lo mejor es poner *a mal tiempo, buena cara.*

Y ahora... ¡escucha!

Vas a escuchar parte de un programa en el que dos críticos de cine, Juan Carlos Rey y María Luisa Salgado, comentan las películas que se han estrenado recientemente. Lee lo siguiente antes de escucharlo. Al escuchar la conversación, presta atención y trata de anotar los datos más importantes. Si no entiendes algo, escucha otra vez.

Título de la primera película: ______________________
Comentarios de los críticos sobre...
la película en general: ______________________
la actuación de Mario López: ______________________
el personaje que representa: ______________________

Título de la segunda película: ______________________
Comentarios de los críticos sobre...
el tipo de novela adaptada para la película: ______________________
el final de la película: ______________________
sus posibilidades de ganar un premio: ______________________
el éxito de una segunda parte: ______________________

Título de la tercera película: ______________________
Comentarios de los críticos sobre...
el tipo de película: ______________________
las emociones que experimentarán los espectadores: ______________________
____
los personajes: ______________________

Título de la cuarta película: ______________________
Comentarios de los críticos sobre...
los elementos que le faltan a la película: ______________________
____
las probabilidades de éxito: ______________________

LECCIÓN 10

El trabajo

Un grupo de arquitectos discute un proyecto.

TEMAS

- Es una ventaja ser bilingüe
- Un negocio de habla hispana
- En el banco
- Cómo nos ganamos la vida
- Cómo gastamos nuestro dinero

Antes de conversar

Vocabulario clave

Nombres

la acción stock
el (la) adicto(a) al trabajo workaholic
la agencia de empleos employment agency
el (la) agente agent
  —de bienes raíces real estate agent
  —de relaciones públicas public relations agent
  —de seguros insurance agent
el ascenso promotion
el aumento de sueldo salary increase
el beneficio benefit
el bono bond
el (la) cajero(a) cashier, teller
la calidad quality
las calificaciones qualifications
la campaña publicitaria ad campaign
la cantidad quantity, amount
el cheque check
  —de caja cashier's check
  —devuelto bounced check
  —en blanco blank check
la cita appointment
el conocimiento knowledge
el (la) contribuyente taxpayer
la cuenta account, bill
  —conjunta joint account
  —corriente checking account
  —de ahorros savings account
el (la) dependiente(a) store clerk
el desempleo unemployment
la deuda debt
el día hábil weekday, workday
el entrenamiento en el trabajo on-the-job training
la financiación a largo plazo long-term financing
el gasto expense
la herencia inheritance
la herramienta tool
el impuesto tax
  —a la propiedad property tax
la llamada de larga distancia long-distance call
la marca brand
el mensaje electrónico e-mail
la mercadería merchandise
la oficina principal main office
el pagaré IOU
la página page
la pensión alimenticia alimony
el plan de retiro retirement plan
el ratón mouse
el recibo receipt
el reembolso completo full reimbursement
la regalía royalty
el saldo balance
el seguro de salud health insurance
el sindicato labor union
el (la) socio(a) partner; member
la solicitud application
la sucursal branch
el sueldo mínimo minimum wage
el talonario de cheques, la chequera checkbook
el teclado keyboard
el (la) tesorero(a) treasurer

Verbos

desempeñar to perform (*a job*)
despedir (e → i) to fire
emplear to employ
enterarse (de) to find out (about)
heredar to inherit
incluir to include
invertir (e → ie) to invest

jubilarse, retirarse to retire
malgastar to waste
rebajar to mark down
renunciar to resign
requerir (e → ie) to require
sobrar to be left over

Adjetivos

bilingüe bilingual
deducible deductible
disponible available
económico(a) thrifty
exigente demanding
mensual monthly
monolingüe monolingual
quincenal bimonthly
semanal weekly
tacaño(a) stingy
útil useful

Otras palabras y expresiones

actualmente, en la actualidad at the present time, nowadays
al portador to the bearer
cobrar un cheque to cash a check
con facilidad de pago on easy payment terms
convenirle a uno to be a good deal for one
de habla hispana Spanish-speaking
declararse en huelga to go on strike
en línea online
girar un cheque to write a check
hacer propaganda to advertise
ir de tienda en tienda to shop around
más bien rather
navegar la red to surf the net
pagar en efectivo to pay cash
pagar por adelantado to pay in advance
pedir (solicitar) un préstamo to apply for a loan
ponerse de acuerdo to come to an agreement
Se solicita(n) Wanted
trabajar horas extra to work overtime
trabajar por cuenta propia to be self-employed

Palabras y más palabras

A. Encuentra en la columna B las respuestas a las preguntas de la columna A (las listas continúan en la página siguiente).

A

1. ¿Te dieron un ascenso?
2. ¿Lo despidieron?
3. ¿Tienes seguro de salud?
4. ¿Ustedes son bilingües?
5. Ella es más bien económica, ¿no?
6. ¿Usas el ratón?
7. ¿Hiciste muchas llamadas de larga distancia?
8. ¿Trabajas en la oficina principal?
9. ¿Tú pagas impuestos?
10. ¿Ella trabaja para ti?
11. ¿Qué puesto desempeñaba usted?
12. ¿Tienes una cuenta de ahorros?
13. ¿Eva siempre trabaja horas extra?

B

a. No, el teclado.
b. Era agente de relaciones públicas.
c. No, es mi socia.
d. Sí, es adicta al trabajo.
e. No, mandé mensajes electrónicos. Ahorré una gran cantidad de dinero.
f. No, semanales.
g. No, en una de las sucursales.
h. Sí, y de excelente calidad.
i. Sí, y una cuenta corriente.
j. No, somos monolingües.
k. No, solamente los días hábiles.
l. No, lo voy a poner en el banco.
m. No, no tengo ningún beneficio.

14. ¿Tú trabajas los sábados?
15. ¿Tienes una cita?
16. ¿Es de marca conocida?
17. ¿Vas a invertir tu dinero?
18. ¿Luis se divorció de Olga?
19. ¿A quién tengo que darle el cheque?
20. ¿Los pagos son mensuales o quincenales?
21. ¿Devolviste la mercadería?
22. ¿Tu supervisor requiere que tú estés disponible los domingos?

n. Sí, y ahora tiene que pagarle pensión alimenticia.
o. Sí, con una agente de seguros.
p. Sí, y un aumento de sueldo.
q. Al tesorero. ¡Espero que no sea un cheque devuelto!
r. ¡No, es tacaña!
s. Sí, yo soy contribuyente.
t. No, él renunció.
u. Sí, y por eso él y yo nunca podemos ponernos de acuerdo.
v. Sí, y me dieron un reembolso completo.

B. Completa las oraciones con vocabulario de la **Lección 10.**

1. Cualquiera puede cobrar ese cheque porque es al ______________.
2. Me conviene más trabajar por cuenta ______________.
3. Compré el coche con ______________ de pago, pero tuve que ______________ un cheque por mil dólares.
4. Siempre pago por ______________ y en ______________.
5. Voy a solicitar un ______________ en el banco para poder pagar la campaña ______________ para mi negocio. ¡Necesito hacerle ______________ a los productos que vendo!
6. Compré bonos y ______________.
7. Ellos querían que yo les diera un cheque en ______________, pero yo les di un cheque de ______________ por mil dólares.
8. En esa compañía se ______________ agentes, pero ella no tiene las ______________ necesarias para ser agente de bienes ______________.
9. No puede trabajar de cajero en un banco porque no tiene ______________ de computadoras.
10. No puede pagar todas sus deudas porque tiene muchos ______________. ¡Yo creo que él ______________ su dinero, comprando cosas que no son ______________!
11. Es difícil conseguir trabajo porque hay mucho ______________. Por eso voy a ir a una agencia de ______________. La encontré en las ______________ amarillas de la guía telefónica.
12. Recibió una herencia; ______________ un millón de dólares.
13. Ellos reciben ______________ en el trabajo y tienen un buen plan de ______________. ¿Es porque son miembros del ______________?
14. Mi esposa y yo tenemos una cuenta ______________. Sacamos mil dólares de nuestra cuenta y el ______________ es de cinco mil dólares.
15. Trabaja de dependiente y gana ______________ mínimo. Está llenando una ______________ para conseguir otro trabajo.
16. No puedo pagarle hoy porque no traje mi ______________ de cheques. Voy a firmar un ______________.
17. Mi papá tiene 64 años. Piensa ______________ el año próximo y, como escribió un libro, también recibe ______________.

18. Voy de tienda en ______________ hasta encontrar ropa rebajada.
19. Actualmente hay muchas personas de habla ______________ en los Estados Unidos, incluyendo las que nacieron aquí.
20. Ayer me ______________ de que esa compañía ______________ a personas de menos de quince años.
21. Me dieron cien dólares. Gasté setenta y con el dinero que me ______________, compré herramientas.
22. El jefe era demasiado ______________ y los empleados se declararon en ______________.
23. Me gusta ______________ la red. Compro muchas cosas en ______________.
24. Ahora que tengo casa, tengo que pagar impuesto a la ______________, pero es un gasto ______________.
25. Compré un coche con financiación a largo ______________.
26. Pagué, pero no me dieron ______________.

En grupos

Actividad 1: ¡Es una ventaja ser bilingüe!

Paso 1

En parejas, lean el siguiente anuncio y contesten las preguntas en la página 119.

AGENCIA DE EMPLEOS CABAÑAS E HIJOS

Se solicitan

PERSONAS BILINGÜES

(inglés – español)

para los siguientes empleos:

agentes de relaciones públicas	chóferes	paramédicos	telefonistas
agentes de seguros	dependientes	peluqueros	terapistas
cajeros	enfermeros	recepcionistas	traductores
contadores	intérpretes	secretarios	vendedores

Llámenos de lunes a viernes entre las 9:00 y las 5:00 para hablar con uno de nuestros agentes, que le informará sobre los requisitos necesarios para cada empleo. Si está interesado en alguno de estos empleos, haga una cita para recibir más información y llenar la solicitud correspondiente.

Calle Quinta, No. 315, Segundo Piso

Teléfono 452-8930

1. ¿Podría una persona monolingüe conseguir uno de los empleos anunciados? ¿Por qué?
2. ¿Qué información se puede obtener sin ir a la agencia de empleos?
3. ¿Para qué se debe ir a la agencia?
4. ¿Dónde queda la agencia Cabañas e Hijos?
5. ¿Está abierta la oficina los fines de semana?
6. ¿Para cuáles de los empleos se necesita una educación universitaria?
7. ¿Cuáles de los empleos requieren algún tipo de conocimiento médico?
8. ¿Cuáles de los empleos podrían Uds. desempeñar actualmente?
9. ¿Cuáles de estos empleos consideran Uds. mejor pagados?

Paso 2

Representen una escena entre un(a) empleado(a) de la agencia de empleos Cabañas e Hijos y una persona que llama para pedir información sobre dos o tres de los empleos anunciados.

Paso 3

Ahora hablen de otras profesiones y tipos de trabajo en los que el conocimiento del español es muy útil y comenten por qué. Después, comparen sus respuestas con las de otros grupos. ¿Qué profesiones y tipos de trabajo seleccionó la mayoría? ¿Cuál creen Uds. que es la mejor manera de prepararse para poder usar el español como herramienta de trabajo?

Actividad 2: Un negocio de habla hispana

Imagínate que tú planeas establecer un negocio y que esperas atraer a clientes de habla hispana. De la lista que aparece a continuación, selecciona el tipo de negocio que te gustaría iniciar. Busca entre tus compañeros a otra persona a quien le gustaría ser tu socio(a) y juntos(as) preparen un anuncio para hacerle propaganda a su negocio en la prensa. Antes de preparar el anuncio, hablen sobre la información que debe contener y de cómo la van a presentar para atraer al mayor número posible de clientes.

Posibles negocios

una tienda de ropa
una tienda de objetos de regalo
una academia para aprender inglés
un hotel
una peluquería/una barbería
una estación de servicio/un taller de mecánica
una agencia de viajes
una agencia de empleos
un gimnasio
una agencia de bienes raíces

Actividad 3: En el banco

Paso 1

En parejas, hablen de lo siguiente.

1. Las cuentas que ustedes tienen en el banco (de ahorros, corriente, conjunta, etc.). ¿Saben el saldo de cada una?
2. La frecuencia con que hablan con un cajero del banco y la frecuencia con que usan el cajero automático. ¿Por qué?
3. Los tipos de cheques que compran o cobran (cheques de caja, cheques de viajero, cheques al portador o cheques en blanco).
4. Si tienen cheques devueltos a veces (girados por ustedes o por otras personas).
5. Si les conviene tener su dinero en el banco y el interés que paga su banco o si es mejor comprar acciones y bonos.
6. Si llevan con ustedes su talonario de cheques y si lo usan a menudo o prefieren pagar en efectivo.
7. Las transacciones que pueden hacer en línea.
8. Si han tenido que pedir un préstamo alguna vez y cuánto tiempo les llevó pagarlo.
9. Los días en que ustedes van al banco y por qué.

Paso 2

Un amigo millonario se muere y les deja un cheque en blanco. Ustedes pueden escribir cualquier cantidad que deseen. Pónganse de acuerdo en cuanto a la cantidad de dinero que heredan y hablen de lo que van a hacer con ese dinero, incluyendo cuánto van a dejar en el banco, cuánto van a invertir y en qué y cómo van a gastar lo que sobre. ¡Siempre tienen que llegar a un acuerdo!

Actividad 4: Cómo nos ganamos la vida

Paso 1

En parejas, hablen de lo siguiente.

1. Si han recibido un ascenso o un aumento de sueldo últimamente o si esperan que esto suceda pronto.
2. Si el salario de ustedes es semanal, quincenal o mensual y si alguna vez han trabajado por un sueldo mínimo.
3. Si tienen buenos beneficios en el lugar donde trabajan (seguro de salud, comisión, plan de retiro, etc.), si tienen entrenamiento en el trabajo y si hay algún puesto vacante en la compañía para la cual trabajan.
4. Si a veces trabajan horas extra y si les gustaría hacerlo más a menudo y si sólo trabajan los días hábiles o también trabajan los fines de semana.
5. Si han tenido que llenar una solicitud de empleo últimamente, si están trabajando o si les gustaría abrir un negocio y trabajar por cuenta propia y emplear a otros.

6. Si les interesaría uno de estos puestos: agente de seguros, agente de bienes raíces, agente de publicidad o agente de relaciones públicas y para cuál tendrían experiencia y calificaciones y buenas referencias.
7. Si piensan jubilarse pronto, si reciben alguna regalía o han recibido una herencia alguna vez o si esperan que alguien les deje algún dinero.
8. Si son contribuyentes, quién les prepara los impuestos, si pagan impuestos a la propiedad y si tienen muchos gastos deducibles.
9. Si son adictos(as) al trabajo y por qué o por qué no.

Paso 2

En parejas, hagan los papeles de un(a) empleado(a) que se queja de todo y el del jefe (de la jefa) que trata de explicarle por qué existen las circunstancias de las que se queja el (la) empleado(a).

Actividad 5: Cómo gastamos nuestro dinero

Paso 1

En grupos de tres o cuatro, hablen de lo siguiente.

1. Los gastos que tienen cada mes, la forma en que ustedes pagan, si a veces pagan por adelantado o si compran cosas con facilidades de pago o con financiación a largo plazo.
2. Si generalmente compran productos importados, si sólo compran objetos de buena calidad o de marca conocida o si a veces sólo se fijan en el precio.
3. Si son consumidores exigentes y si van de tienda en tienda antes de decidir comprar algo.
4. Si insisten en que les den un recibo por todo lo que compran o devuelven cosas que han comprado esperando un reembolso completo o insisten en que les rebajen algo si ustedes creen que no está en perfectas condiciones.
5. Cuándo pagan las cuentas, si tienen muchas deudas, si han firmado un pagaré alguna vez y si creen que a veces malgastan el dinero (por qué o por qué no).

Paso 2

En grupos de tres, preparen una lista de cosas que puede hacer una persona que tiene muchas deudas y gana muy poco dinero. Esta persona está pagando una cantidad exhorbitante en intereses, de modo que le es casi imposible salir de deudas.

Comparen sus ideas con las de otros grupos y escojan las más prácticas.

Actividad 6: Una encuesta

Entrevista a tus compañeros de clase para tratar de identificar a las personas que...

1. son adictas al trabajo.
2. han hablado con un agente de bienes raíces últimamente.
3. trabajarían como agente de relaciones públicas.
4. han hablando con un agente de seguros recientemente.
5. tuvieron un ascenso el año pasado.
6. tuvieron un aumento de sueldo el año pasado.
7. han trabajado de cajero(a).
8. tienen conocimiento de computadoras.
9. tienen una cuenta de ahorros.
10. han recibido entrenamiento en el trabajo.
11. tienen muchos gastos.
12. han recibido una herencia.
13. han hecho una llamada de larga distancia últimamente.
14. han firmado un pagaré últimamente.
15. tienen jefes o supervisores muy exigentes.
16. trabajan por cuenta propia.

Actividad 7: Para conocernos mejor

En grupos de tres, háganse las siguientes preguntas.

1. Si quieres comprar algo y no sabes adónde ir, ¿buscas información en las páginas amarillas de la guía telefónica o en Internet?
2. ¿Te gusta navegar la red? ¿Te enteras de cosas interesantes cuando lo haces?
3. Si tienes amigos en otros estados o en otros países, ¿prefieres escribirles o mandarles mensajes electrónicos?
4. ¿Haces muchas llamadas de larga distancia?
5. ¿Has participado alguna vez en una videoconferencia?
6. ¿Alguien te sugirió que compraras una computadora portátil? ¿Tienes una?
7. ¿Crees que es importante tener conocimiento de computadoras? ¿Por qué o por qué no?
8. Cuando usas la computadora, ¿prefieres usar el ratón o el teclado?
9. ¿Crees que es más fácil conseguir un buen puesto si uno tiene un título universitario?
10. ¿Por qué es una buena idea tener el español como herramienta de trabajo?
11. En el tipo de trabajo que tienes, ¿es una ventaja ser bilingüe? ¿Es una desventaja ser monolingüe?
12. ¿Crees que podrías desempeñar un trabajo en el que tuvieras que hablar español?
13. ¿Usas el español en tu trabajo a veces?
14. ¿Has ido alguna vez a una agencia de empleos para buscar trabajo?
15. ¿Qué crees que hay que incluir en un resumé para que sea efectivo?

16. ¿Tú podrías responsabilizarte de una campaña publicitaria para la compañía para la cual trabajas?
17. ¿Tendrías buenas ideas para hacerle propaganda a algún producto?
18. Si tuvieras quejas sobre tu supervisor(a) o tu jefe(a), ¿qué harías?
19. ¿Estarías disponible para trabajar los domingos?
20. ¿Has pertenecido alguna vez a un sindicato?

Dichos y refranes

Lee los siguientes diálogos en voz alta con un(a) compañero(a). Traten de averiguar el significado de los dichos en cursiva y de determinar si tienen equivalente en inglés.

1. —Mi nueva secretaria es muy eficiente y no le importa trabajar hasta tarde.
   —Bueno... *escoba nueva barre bien...*
2. —Tengo muchísimo trabajo, pero no tengo que terminarlo hoy. Puedo hacerlo mañana o pasado.
   —¿Y si mañana o pasado tienes otras cosas que hacer? *¡No dejes para mañana lo que puedes hacer hoy!*
3. —Ella se viste muy bien y es muy profesional pero, en realidad, su trabajo deja mucho que desear.
   —Es que, como sabes, *no todo lo que brilla es oro.*

Y ahora... ¡escucha!

Vas a escuchar la descripción de uno de los puestos que tienen en una agencia de empleos. Lee lo siguiente antes de escucharla. Al escuchar la información, presta atención y trata de anotar los datos más importantes. Si no entiendes algo, escucha otra vez.

Nombre de la agencia de empleos: ______________________
Puesto: ____
Sueldo: ____
Mensual _____ Anual _____ Quincenal _____ Semanal _____
Beneficios: ____________________ y ____________________
Calificaciones: 1. ______________________________________
2. Experiencia mínima: ______________________
3. Conocimiento de computadoras: Sí ____ No ____
4. ______________________________________
Número de veces que tiene que viajar al año: ______________________

Apéndice

Dichos y refranes por lección

Lección 1

Sobre gustos no hay nada escrito.	There's no accounting for taste.
La belleza y la hermosura poco duran.	Beauty is fleeting.
El amor es un pasatiempo que pasa con el tiempo.	Love is a pastime that passes with time.

Lección 2

El saber no ocupa lugar.	Knowledge doesn't take up any space.
La educación empieza en la cuna y termina en la tumba.	Education begins in the cradle and ends in the grave.
Más sabe el diablo por viejo que por diablo.	Formal education isn't the only source of knowledge. (*Lit.: The devil knows more from being old than from being a devil.*)

Lección 3

No cantes victoria antes de tiempo.	Don't count your chickens before they are hatched. (*Lit.: Don't cry victory too soon.*)
El que mucho abarca, poco aprieta.	Don't bite off more than you can chew. (*Lit.: He who undertakes too much ends up accomplishing little.*)
Querer es poder.	Where's there's a will, there's a way. (*Lit.: To want is to be able.*)

Lección 4

Errar es humano; perdonar es divino.	To err is human; to forgive, divine.
No hay mal que dure cien años.	This, too, shall pass. (*Lit.: No evil lasts one hundred years.*)
Martes trece, ni te cases ni te embarques.	On Tuesday the thirteenth, don't get married and don't go on a trip.

Lección 5

Es mejor prevenir que curar.	An ounce of prevention is worth a pound of cure. (*Lit.: It's better to prevent than to cure.*)
Contigo, pan y cebolla.	I'll live on bread and onions as long as you're at my side. (*Lit.: With you, bread and onions.*)

A buena hambre, no hay pan duro.	If you're hungry enough, you'll eat anything. (*Lit.: To a hungry person, there's no such thing as stale bread.*)
A barriga llena, corazón contento.	Full stomach, happy heart.

Lección 6

Más vale lo malo conocido que lo bueno por conocer.	The bad which is well known is better than the good unknown.
Más vale tarde que nunca.	Better late than never.
No van lejos los de adelante si los de atrás corren bien.	The front runners don't get too far ahead if those behind them run hard.

Lección 7

Al pan, pan y al vino, vino.	(to call) a spade a spade
Hay que comer para vivir, no vivir para comer.	Eat to live; do not live to eat.
Nadie es perfecto.	Nobody is perfect.

Lección 8

Perro que ladra no muerde.	His bark is worse than his bite. (*Lit.: A barking dog doesn't bite.*)
El que la hace la paga.	You've made your bed, now lie in it. (*Lit.: He who does it must pay for it.*)
Quien mal anda mal acaba.	Those who fall into bad ways will come to a bad end.

Lección 9

Hazte de fama y échate a dormir.	Make a name for yourself and rest on your laurels.
El que ríe último, ríe mejor.	He who laughs last, laughs best.
A mal tiempo, buena cara.	Grin and bear it.

Lección 10

Escoba nueva barre bien.	A new broom sweeps clean.
¡No dejes para mañana lo que puedes hacer hoy!	Never put off until tomorrow what you can do today!
No todo lo que brilla es oro.	All that glitters is not gold.

Vocabulario

This vocabulary provides contextual meanings of the active vocabulary from the **Vocabulario clave** and **Para hablar de...** sections in each lesson, as well as passive vocabulary that is glossed in the activities. The following abbreviations are used:

adj., adjective
f., feminine
m., masculine
pl., plural
sing., singular

A

a to, in, at, on
—causa de because of, on account of
—continuación following
—gusto to taste
—la intemperie outdoors
—mano armada armed
—medida que as
—menudo often
—mitad de precio at half price
—ninguna parte nowhere
—orillas de on the shores of
—todas partes everywhere
—todos lados everywhere
—veces sometimes
aburrirse to be (get) bored
acampar to camp
acción (*f.*) stock
acostumbrarse (a) to get used to
actividades al aire libre (*f. pl.*) outdoor activities
actuación (*f.*) acting
actualmente at the present time, nowadays
actuar to act
adelante in front
adelgazar to lose weight
adicto(a) al trabajo (*m., f.*) workaholic
adivinar to guess
aficionado(a) (*m., f.*) fan
afuera outside
agencia de empleos (*f.*) employment agency
agente (*m., f.*) agent
—de bienes raíces real estate agent
—de policía police officer
—de relaciones públicas public relations agent
—de seguros insurance agent
agotado(a) exhausted
agradable pleasant
agudo(a) keen, sharp
ajo (*m.*) garlic
ajustarse to adjust oneself
al a + el
—cabo de after
—portador to the bearer
—principio at the beginning
ala (*f.*) wing
albóndiga (*f.*) meatball
alegre cheerful, happy
alguna vez ever
alimentarse to eat, to feed oneself
alimento (*m.*) food, nourishment
alpinismo (*m.*) mountain climbing
alrededor (de) around
amante (*m., f.*) lover
ambiental environmental
amistad (*f.*) friendship
animar to encourage
anuncio comercial (*m.*) commercial
añadir to add
apagar to turn off
apasionado(a) passionate
apoyar to support
apretado(a) tight
aprobación (*f.*) approval
apuntes (*m. pl.*) (class) notes
armar una tienda to pitch a tent
arrancar to start (i.e., *a motor*)
arreglo (*m.*) arrangement
asado(a) roasted, barbecued
asaltar to assault, to mug
ascenso (*m.*) salary increase
asignatura (*f.*) subject (*in school*)
asistencia (*f.*) attendance
asombrado(a) astonished
asombroso(a) amazing, astonishing
astro (*m.*) star
atender (e → ie) to serve, to wait on
atraer (yo atraigo) to attract
atrás behind
atreverse to dare
atún (*m.*) tuna
aula (*f.*) classroom
aumentar to increase
aumento (*m.*) increase
—de sueldo salary increase
averiguar to find out
avisar to let know
ayuda (*f.*) aid, assistance

B

bacalao (*m.*) cod
bajar to lower
bajo under
bajo(a) low
balanza (*f.*) scale
baloncesto (*m.*) basketball
banda sonora (*f.*) sound track
bandera (*f.*) flag
barriga (*f.*) belly
básquetbol (*m.*) basketball
bastar to be enough
basura (*f.*) garbage
batata (*f.*) sweet potato, yam
batir to beat
beca (*f.*) scholarship
belleza (*f.*) beauty
beneficio (*m.*) benefit
berenjena (*f.*) eggplant
bien picado(a) finely chopped
bienvenido(a) welcome
bilingüe bilingual

bizcocho (*m.*) biscuit
bloquedo(a) blocked
bolsa de dormir (*f.*) sleeping bag
bondadoso(a) kind
boniato (*m.*) sweet potato, yam
bono (*m.*) bond
bosque (*m.*) forest, woods
botar to throw away

C

cabaña (*f.*) cabin
cacahuate (*m.*) peanut
cacerola (*f.*) saucepan, pan
cada each
caja de seguridad (*f.*) safety box
cajero(a) (*m., f.*) cashier, teller
calabaza (*f.*) pumpkin
calamares (*m. pl.*) squid
caldo (*m.*) broth
calentar (e → ie) to heat
calidad quality
calificaciones (*f.*) qualifications
calzado (*m.*) footwear
camión de bomberos (*m.*) fire truck
camión de mudanzas (*m.*) moving van
camioneta (*f.*) van, pickup truck
campaña publicitaria (*f.*) ad campaign
campeonato (*m.*) championship
campo (*m.*) field (*of study*)
canal (de television) (*m.*) (television) channel
cancha de tenis (*f.*) tennis court
canción (*f.*) song
cangrejo (*m.*) crab
cantidad (*f.*) amount
caña de pescar (*f.*) fishing rod
capítulo (*m.*) chapter
cariñoso(a) loving, affectionate
carrera (*f.*) career, course of study
carril (*m.*) lane
casero(a) homemade
casi siempre (nunca) almost always (never)
cataratas (*f. pl.*) falls
caza (*f.*) hunting
cazar to hunt
cebolla (*f.*) onion
cejas (*f. pl.*) eyebrows
celoso(a) jealous
cereza (*f.*) cherry
cerradura (*f.*) lock
cerrar (e → ie) con llave to lock
cheque (*m.*) check
  —de caja cashier's check
  —devuelto bounced check
  —en blanco blank check
chequera (*f.*) checkbook
chocar to collide, to crash
ciruela pasa (*f.*) prune
cita (*f.*) date, appointment
cobrar to charge
  —un cheque to cash a check
coche patrullero (*m.*) police car
cocinar al vapor to steam
cocinero(a) (*m., f.*) cook
cola (*f.*) line
colocar to place
comedia (*f.*) comedy
comediante (*f.*) comedian
cómico (*m.*) comedian
comida (*f.*) food, meal
comodidad (*f.*) comfort
compartir to share
comprensivo(a) understanding
comprobar (o → ue) to verify
con with
  —cuidado carefully
  —facilidad de pago on easy payment terms
  —las manos vacías empty-handed
  —lujo de detalles in great detail
confianza (*f.*) trust
conocimiento (*m.*) knowledge
consejo (*m.*) advice
consejo municipal (*m.*) city council
consomé (*m.*) broth
constante persevering
construir (yo construyo) to build
contribuyente (*m., f.*) taxpayer
convenirle a uno (*conj. like* **venir**) to be a good deal for one
convertir(se) (e → ie) (en) to turn (into)
convincente convincing
corazón (*m.*) heart
cordero (*m.*) lamb
crear to create
crema de leche agria (*f.*) sour cream
crimen (*m.*) crime, criminal act
crítico(a) (*m., f.*) critic
crudo(a) raw, uncooked
cruzar to cross
cualquier any
cuenta (*f.*) account, bill
  —conjunta joint account
  —corriente checking account
  —de ahorros savings account
cuidado (*m.*) care
cuidadoso(a) careful
culpable (*m., f.*) guilty person
cumplir to keep (*a promise*)
cuna (*f.*) cradle

D

dar(se) de baja to drop (i.e., *a class*)
darse por vencido(a) to give up
de of
  —antemano beforehand, ahead of time
  —habla hispana Spanish speaking
  —vez en cuando once in a while
decano(a) (*m., f.*) dean
declararse en huelga to go on strike
deducible deductible
defecto (*m.*) shortcoming
dejar to leave
  —algo (mucho) que desear to leave something (a great deal) to be desired
  —cocinar to let cook
  —de (+ *inf.*) to stop (*doing something*)
delantero(a) front
delito (*m.*) crime
dependiente(a) (*m., f.*) store clerk
depilar to strip of hair
desconocido(a) unknown
deseable desirable
desecho de patio (*m.*) yard waste
desempeñar to perform a job
desempleo (*m.*) unemployment
desfile (*m.*) parade
desocupar to vacate
despedir (e → i) to fire
destino (*m.*) destination
desventaja (*f.*) disadvantage
detalle (*m.*) detail
detener (yo detengo) to stop
determinado(a) specific
deuda (*f.*) debt
día festivo (*m.*) holiday
día hábil (*m.*) weekday, workday
diablo (*m.*) devil
dibujos animados (*m. pl.*) cartoons
dicho (*m.*) saying
dirigir (yo dirijo) to direct
dirigirse (a) to go (to)
diseñar to design
disfrazarse (de) to disguise oneself (as), to wear a costume
disminuir (yo disminuyo) to decrease
disponible available
distinto(a) different
distraído(a) distracted, absent-minded
distribución de papeles (*f.*) casting
diversión (*f.*) fun, entertainment

divertido(a) fun-loving, amusing
divertirse (e → ie) to have a good time
doblar to fold
documental (*m.*) documentary
dominante domineering
dorar to brown
droga (*f.*) drug
dulce (*m.*) candy, sweet
durar to last
duro(a) hard, harsh

E

económico(a) thrifty
egoísta selfish
embotellamiento de tráfico (*m.*) traffic jam
emplear to employ
empresario(a) (*m., f.*) entrepreneur
en in, on
—**cuanto a** as for
—**la actualidad** at the present time, nowadays
—**línea** online
—**otra parte** somewhere else
—**otro lado** somewhere else
en voz alta out loud
enamorado(a) in love
encender (e → ie) to turn on
encendido(a) on (i.e., *a light*)
encima on top
encuesta (*f.*) survey
engañar to deceive
enseñar to teach
enterarse (de) to find out (about)
entrante (*m.*) entrée
entrega (*f.*) delivery
entregar to deliver
entrenamiento (*m.*) training
—**en el trabajo** on-the-job training
entretenerse (*conj. like* **tener**) to entertain oneself
entrevista (*f.*) interview
envase (*m.*) container
envuelto(a) involved
época (*f.*) time
equivocado(a) wrong
es it is
—**importante que** it is important that
—**imprescindible que** it is essential that
—**mejor que** it is better that
—**necesario que** it is necessary that
—**una lástima que** it is a pity that
—**una pena que** it is too bad that
—**una suerte que** it is lucky that
escritor(a) (*m., f.*) writer
esforzarse (o → ue) to work or try hard
espectáculo (*m.*) show
esquí acuático (*m.*) water ski
esquiar a campo traviesa (*m.*) cross-country skiing
estacionamiento (*m.*) parking
estaño (*m.*) tin
estar al día to be up to date
estrella (*f.*) star
estrenar to show for the first time
estupendo(a) great
evitar to avoid
excursionista (*m., f.*) hiker
exhausto(a) exhausted
exigente demanding
éxito (*m.*) success
extrañarle a uno to surprise one

F

fabricar to make
faltar to lack, to miss (i.e., *classes*)
felpudo (*m.*) mat
fideos (*m. pl.*) noodles
fijarse to notice
fila (*f.*) line
filmar to film
financiación a largo plazo long-term financing
financiero(a) financial
florería (*f.*) flower shop
fondo (*m.*) bottom
forzar (o → ue) to force
fracaso (*m.*) failure, fiasco
frecuentemente often
fuego (*m.*) fire
fuegos artificiales (*m. pl.*) fireworks
fuerte strong
furgoneta (*f.*) van

G

galleta (*f.*) cracker
gastar to spend
gasto (*m.*) expense
gemelos(as) (*m., f., pl.*) twins
generalmente generally
girar un cheque to write a check
grasa (*f.*) fat
grifo (*m.*) faucet, tap
gruñón(-ona) grumpy
guerrero(a) (*m., f.*) warrior, warlike
guía de espectáculos (de programación) (*f.*) T.V. guide
guisado (*m.*) stew

H

habilidad (*f.*) skill
hacer to do, to make
—**cola** to stand in line
—**un crucero** to take a cruise
—**ejercicio** to exercise
—**propaganda** to advertise
—**una pregunta** to ask a question
hacerle falta a uno to need, to lack
hacérsele agua la boca to make one's mouth water
hacia toward
—**el final** toward the end
hambriento(a) hungry, starving
haragán(-ana) lazy
harina (*f.*) flour
hasta llegar a... until you get to . . .
heredar to inherit
herencia (*f.*) inheritance
hermosura (*f.*) beauty
herramienta (*f.*) tool
hogar (*m.*) home
honrar to honor
hospedarse to stay (i.e., *at a hotel*) lodge
huevo duro (*m.*) hard-boiled egg
huevos revueltos (*m. pl.*) scrambled eggs

I

imperioso(a) demanding
importarle a uno(a) to matter to one
impuesto (*m.*) tax
—**a la propiedad** property tax
incendio (*m.*) fire
incluir (yo incluyo) to include
inesperado(a) unexpected
iniciar to initiate
inquieto(a) restless
intentar to attempt
intercambiar to exchange
invertir (e → ie) to invest
investigación (*f.*) research
involucrado(a) involved
ir to go
—**a pie** to walk, to go on foot
—**caminando** to walk, to go on foot
—**de pesca** to go fishing
—**de tienda en tienda** to shop around

J

jamás never
jonrón (*m.*) home run
joyas de fantasía costume jewelry
joyería (*f.*) jewelry shop
jubilarse to retire
judío(a) (*m., f.*) Jewish person
juego de azar gambling
jugar (u → ue) a los bolos to go bowling

L

lado (*m.*) side
ladrón(-ona) (*m., f.*) thief, burglar
latido del corazón (*m.*) heartbeat
latir to beat, to palpitate
lavandería (*f.*) laundry; laundromat
leal loyal
leche descremada (*f.*) non-fat milk
lechón (*m.*) pork
letra (*f.*) letter (*a, b, c, etc.*)
libra (*f.*) pound
libreto (*m.*) script, screenplay
limpieza (*f.*) cleaning
linterna (*f.*) lantern, lamp, flashlight
llamada a larga distancia (*f.*) long-distance call
llegada (*f.*) arrival
llevar la delantera to be ahead
llevarse bien to get along
locutor(a) (*m., f.*) anchor person, announcer, broadcaster
lograr to achieve
los demás the others
lucha libre (*f.*) wrestling
luna (*f.*) moon

M

maceta (*f.*) planter
maíz (*m.*) corn
malgastar to waste
mandar to order, to give orders
mandato (*m.*) order
mandón(-ona) bossy
maní (*m.*) peanut
máquina contestadora (*f.*) answering machine
marca (*f.*) brand
  —registrada trademark
marchar sobre ruedas to go very well
marearse to get dizzy
margarita (*f.*) daisy
más bien rather
matar to kill
materia (*f.*) subject (*in school*)
matrícula (*f.*) registration; tuition
matricularse to register
medida (*f.*) measure
medio ambiente (*m.*) environment
medios de comunicación (*m. pl.*) communications media
medios de transporte (*m. pl.*) means of transportation
mejorar to improve
mellizos(as) (*m., f., pl.*) twins
menos except
mensaje electrónico (*m.*) e-mail
mensual monthly
mente (*f.*) mind
mentiroso(a) (*m., f.*) liar, deceitful, lying
mercadería (*f.*) merchandise
merecer (yo merezco) to deserve
merienda (*f.*) afternoon snack
mermelada (*f.*) jam
mezclar to mix
miembro (*m.*) member
mochila (*f.*) backpack
monolingüe monolingual
morirse por to be dying to
mostaza (*f.*) mustard
muchas veces many times
muslo (*m.*) leg, thigh

N

nacimiento (*m.*) birth
navegar la red to surf the net
nota (*f.*) grade (i.e., *in a class*)
  —de suspenso failing grade
nuez (*f.*) nut
nunca never
nutritivo(a) nourishing

O

ocasionalmente occasionally
oeste: del— western
oficina principal (*f.*) main office
Ojalá que I hope that
olla (*f.*) pot
orquídea (*f.*) orchid
ostra (*f.*) oyster
otorgar to award
otorrinolaringólogo(a) (*m., f.*) ear, nose, and throat specialist

P

padecer (de) (yo padezco) to suffer (*from a disease*)
pagar en efectivo to pay cash
pagar por adelantado to pay in advance
pagaré (*m.*) IOU
página (*f.*) page
palabra (*f.*) word
  —clave key word
pan duro (*m.*) stale bread
pandilla (*f.*) gang
pantalla (*f.*) screen
papel (*m.*) role
papitas (*f. pl.*) potato chips
para desgracia mía to my misfortune
parece increíble que it seems incredible that
pareja (*f.*) mate; couple; pair
pasado por agua soft-boiled
pasar hambre to go hungry
pasarlo bien to have a good time
pasear en bote to go boating
pastel (*m.*) pie
pata de conejo (*f.*) rabbit's foot
patinaje (*m.*) skating
pato (*m.*) duck
patrocinar to sponsor
peaje (*m.*) toll
pechuga (*f.*) breast (*chicken, turkey, etc.*)
pedazo (*m.*) piece
pedir (e → i) disculpas to apologize
pedir (e → i) un préstamo to apply for a loan
pegarse to stick
pelar to peel
película (*f.*) movie, film
  —de acción action movie
  —de ciencia ficción science fiction movie
  —de guerra war movie
  —de misterio mystery movie
  —de suspenso thriller
  —del oeste western movie
peligroso(a) dangerous
pena capital (de muerte) (*f.*) death penalty
pensador(a) (*m., f.*) thinker
pensión alimenticia (*f.*) alimony
pepino (*m.*) cucumber
perder (e → ie) to lose
  —peso to lose weight
pérdida (*f.*) loss
perezoso(a) (*m., f.*) lazy person; (*adj.*) lazy
perjudicar to damage, to endanger
perjudicial damaging, bad, harmful
permanecer (yo permanezco) to remain
pertenecer (yo pertenezco) to belong
pesar to weigh
pesca (*f.*) fishing

pescar to catch fish
peso (*m.*) weight
picadura (*f.*) bite, sting
picante spicy
pintoresco(a) picturesque
plan de retiro (*m.*) retirement plan
planificar to plan
plano (*m.*) map of a city
policíaco(a) related to crime or law enforcement
poner énfasís to emphasize
ponerse to put on
 —contento to be (get) happy
 —de acuerdo to come to an agreement
 —en forma to get into shape
 —nervioso(a) to get nervous
por escrito in writing
por lo menos at least
preferido(a) favorite
premio (*m.*) prize, award
prender to turn on
prendido(a) on (i.e., *a light*)
presentador(a) (*m., f.*) host (*of a program*)
préstamo (*m.*) loan
prestar atención to pay attention
presupuesto (*m.*) budget
prevenido(a) prepared, forewarned
producir (yo produzco) to produce
productor(a) (*m., f.*) producer
profundo(a) deep
programa (*m.*) program
 —de concursos game show
 —de entrevistas talk show
 —de reestreno rerun
 —de variedades variety show
 —piloto pilot program
programación (*f.*) programming
propaganda (*f.*) advertising, publicity
propenso(a) a prone to
propio(a) own characteristic
proporcionar to provide
propuesta (*f.*) proposal
proteger (yo protejo) to protect
proveer to provide
próximamente soon, in the near future
proyectar to project
publicidad (*f.*) advertising, publicity
pulmón (*m.*) lung
pulpo (*m.*) octopus
pulverizador (*m.*) aerosol spray (*can*)

Q

quedar to remain
quejarse to complain
queso rallado (*m.*) shredded cheese
quincenal bimonthly (twice a month)

R

ramo (*m.*) bouquet
ratón (*m.*) mouse
reacción en cadena (*f.*) chain reaction
realizar to do
rebajar to mark down
rebanada (*f.*) slice
recargo (*m.*) extra charge
receta (*f.*) recipe
recibo (*m.*) receipt
reciclaje (*m.*) recycling
reciclar to recycle
recoger (yo recojo) to pick up, to collect, to gather
recorrer to go from place to place
reembolso (*m.*) refund
 —completo full reimbursement
regalía (*f.*) royalty
regir (e → i) to rule
regla (*f.*) rule
reina (*f.*) queen
remar to row
renunciar to resign
reparto de papeles (*m.*) casting
repasar to review, to go over
requerir (e → ie) to require
requisito (*m.*) requirement
respuesta (*f.*) answer
retirarse to retire
reunirse to get together, to meet
revolver (o → ue) to stir
riesgo (*m.*) risk
robar to steal, to rob, to burglarize
robo (*m.*) robbery, burglary
rodaja (*f.*) slice
rueda (*f.*) wheel

S

saco de dormir (*m.*) sleeping bag
saldo (*m.*) balance
salirse con la suya to get one's way
salón de clase (*m.*) classroom
salud (*f.*) health
sano(a) healthy
Se solicita Wanted
seco(a) dried, dry
Secretario(a) General (de la universidad) (*m., f.*) Registrar
secuestrar to kidnap
seguir derecho to continue straight ahead
seguro de salud (*m.*) health insurance
selva (*f.*) jungle, rain forest
semanal weekly
semanalmente weekly
semejanza (*f.*) similarity
sensibilidad (*f.*) sensitivity
sentir (e → ie) deseos de to want to
señalar to indicate
serie (*f.*) series
significado (*m.*) meaning
sin embargo in spite of it, nevertheless, however
sindicato (*m.*) labor union
sobrar to be left over
socio(a) (*m., f.*) member; partner
soldado(a) (*m., f.*) soldier
solicitar to apply
 —un préstamo to apply for a loan
solicitud (*f.*) application
sonrisa (*f.*) smile
sospechoso(a) (*m., f.*) suspect; (*adj.*) suspicious
sucursal (*f.*) branch
sueldo mínimo (*m.*) minimum wages
sueño (*m.*) dream
sugerencia (*f.*) suggestion
suspender la entrega de la correspondencia to stop the mail

T

talonario de cheques (*m.*) checkbook
tacaño(a) stingy
tallarines (*m. pl.*) spaghetti
taxón (*m.*) bowl
teclado (*m.*) keyboard
telediario (*m.*) television news program
telenovela (*f.*) soap opera
televidente (*m., f.*) T.V. viewer
tener to have
 —chispa to be witty
 —en cuenta to keep in mind
 —ganas de to feel like
 —la culpa (de) to be at fault, to be guilty (of)
 —suerte to be lucky
 —un buen sentido del humor to have a good sense of humor
teñir (e→i) to dye, to color (*hair*)
tesorero(a) (*m., f.*) treasurer
testigo (*m., f.*) witness
tiburón (*m.*) shark
tienda de campaña (*f.*) tent
 —de regalos souvenir store
 —por departamentos (*f.*) department store
tierno(a) tender
tierra (*f.*) earth

tintorería (*f.*) dry cleaner's
tirar to throw; to shoot; to throw away
título (*m.*) degree
 —universitario (*m.*) college degree
todo clase de all sorts of
toda lo posible everything possible
tomar to take
 —rehénes to take hostages
 —una decisión to make a decision
trabajador(a) hardworking
trabajar horas extra to work overtime
trabajar por cuenta propia to be self-employed
trama (*f.*) plot
transmitir to broadcast
trasero(a) back
trigo (*m.*) wheat
trozo (*m.*) piece
turnarse to take turns

U
unirse to join
urge que it is urgent that
usar to use, to wear
útil useful
utilizar to use, to wear
uva pasa (*f.*) raisin

V
valentía (*f.*) courage
valioso(a) valuable
vanidoso(a) vain
vecindario (*m.*) neighborhood
vecino(a) (*m., f.*) neighbor
ventaja (*f.*) advantage; lead
videograbadora (*f.*) videocassette recorder
vidrio (*m.*) glass
violar to rape
virtud (*f.*) virtue
voltear to turn over
voluntario(a) (*m., f.*) volunteer

Y
ya no no longer
Yo invito. My treat.

Credits

Text credits:

pp. 41–43: Horoscope from *Vanidades*; p. 56: Recipe for 'Pollo al pimentón' from *Vanidades*, Vol. 34, #5, p. 68.

Photo credits:

p. 1: © Spencer Grant/PhotoEdit; p. 9: © Peter Menzel/Stock Boston; p. 13: © Robert Fried/Stock Boston; p. 3: © Denise Marcotte/Stock Boston; p. 35: © Gian Berto Vanni/Corbis; p. 47: © David Young-Wolff/PhotoEdit; p. 60: © Paul Conklin/PhotoEdit; p. 66: © Jeffrey Myers/Stock Boston; p. 74: © David Simson/Stock Boston; p. 82: © Larry Bray/Getty Images; p. 85: © Robert Fried/Stock Boston; p. 100: © Christopher Brown/Stock Boston; p. 109: © Bettmann/Corbis; p. 114: © Steve Chenn/Corbis

Realia credits:

p.70: Ad for Avis. Used by permission of Avis Rent A Car, Incorporated; p.78. Ad for Café Martinique. Used by permission of the Hotel Krystal Rosa.